ULRIKE RENK

Das Fest
der kleinen
Wunder

atb aufbau taschenbuch

ULRIKE RENK, Jahrgang 1967, studierte Literatur und Medienwissenschaften und lebt mit ihrer Familie in Krefeld. Familiengeschichten haben sie schon immer fasziniert, und so verwebt sie in ihren erfolgreichen Romanen Realität mit Fiktion.

Im Aufbau Taschenbuch liegen ihre Australien-Saga, die Ostpreußen-Saga, sowie die vier Bände der Seidenstadt-Saga und zahlreiche historische Romane vor.

Mehr zur Autorin unter www.ulrikerenk.de

Winter 1925: Die Weihnachtszeit in diesem Jahr ist für Frederike etwas ganz Besonders. Es wird das letzte Fest auf Gut Fennhusen sein. Ab dem kommenden Frühling soll sie eine höhere Töchterschule fern der Heimat in Bad Godesberg besuchen. Sie ist fest entschlossen, diesen Winter noch einmal richtig zu genießen. Schnell fällt der erste Schnee und bedeckt die Wälder und Wiese mit einer glitzernden Decke. Stundenlange Ausritte stehen jetzt genauso auf der Tagesordnung wie die Vorbereitungen für die große Jagd. Alle Nachbarn und Verwandten werden sich auf dem Gut versammeln und zusammen feiern und essen. Auch Frederikes beste Freundin Thea hat sich angekündigt. Doch dann passiert etwas Unvorhergesehenes und droht den Zauber der Weihnachtszeit zu zerstören.

ULRIKE
RENK

Das Fest
der kleinen
Wunder

ROMAN

 aufbau taschenbuch

ISBN 978-3-7466-3736-5

Aufbau Taschenbuch ist eine Marke
der Aufbau Verlag GmbH & Co. KG

2. Auflage 2021
Vollständige Taschenbuchausgabe
© Aufbau Verlag GmbH & Co. KG, Berlin 2018
Die Originalausgabe erschien 2018 bei Rütten & Loening,
einer Marke der Aufbau Verlag GmbH & Co. KG
Umschlaggestaltung www.buerosued.de, München
unter Verwendung eines Motivs von © Lee Avison /
Trevillion Images
Gesetzt aus der Garamond durch Greiner & Reichel, Köln
Druck und Binden CPI books GmbH, Leck, Germany
Printed in Germany

www.aufbau-verlag.de

Für Claus,
den besten Ehemann von allen

Gut
Fennhusen

Die Familie

Erik und Stefanie von Fennhusen
Eriks Stiefkinder:
Frederike von Weidenfels geb. 1909
Fritz von Fennhusen geb. 1911
Gerta von Fennhusen geb. 1913
Gemeinsame Kinder:
Irmgard (Irmi) geb. 1921
Gisela (Gilusch) geb. 1922
Erik geb. 1924

Die Leute auf Fennhusen

Hans – Kutscher
Viktor – 1. Stallmeister
Meta Schneider – Köchin
Leni – 1. Hausmädchen
Gerulis – 1. Hausdiener
Koslowski – Schweizer
Tomasz – 1. Stallbursche
Sergei – Stallbursche

Nachbarn und Freunde
der von Fennhusen

Familie von Hermannsdorf
Familie von Olechnewitz
Familie von Larum-Stil
Alexander (Ax) von Stieglitz
Julius und Heidi von Fennhusen

Kapitel 1

Laut Kirchenkalender fiel der Erntedanktag dieses Jahr auf den dritten Oktober. Wie immer würden sie den Tag in ihrer Gemeinde begehen. Aber auf Fennhusen endete die Ernte des Getreides immer bereits Mitte September. Es war ein mildes Jahr gewesen, und deshalb war die Ernte mit gutem Ertrag eingefahren worden. Und wie jedes Jahr vor der Ernte war die Zahl der Leute, die auf dem Gut beschäftigt wurden, beträchtlich gewachsen, denn die Schnitter kamen – die Erntehelfer. Jetzt, wo die Ernte eingebracht war, würden die Schnitter gen Westen ziehen, dort gab es in den kommenden Wochen noch reichlich Arbeit. Hier auf Fennhusen, in Ostpreußen, kam der Winter früh und war meist hart.

Das wird der Grund sein, dachte Frederike und zog sich ihr neues, schickes Kleid an, weshalb wir die Ernte immer so besonders feiern.

Erst seit wenigen Jahren lebte Frederike mit ihren beiden Halbgeschwistern Fritz und Gerta hier auf dem Gut in Ostpreußen. Und es würde vermutlich ihr letztes Jahr auf Fennhusen sein. Denn Frederike strebte die externe Schulprüfung an – sie wollte nächstes Jahr eine höhere Töchterschule besuchen. Aber das lag glücklicherweise noch in ferner Zukunft – jetzt freute sie sich erst einmal auf das Erntefest, einer der Höhepunkte des Gutsjahres, der nur vom Weihnachtsfest übertroffen wurde. Das Fest war immer schon wichtig gewesen, aber Frederike schien es so, als ob in den letzten Jahren, in den Jahren nach dem Großen

Krieg, der Europa zerstört hatte, die Feiern wilder und ausgelassener geworden wären.

»Freddy?«, rief Mutter von unten. »Kommst du? Wir müssen los.«

Frederike warf einen Blick aus dem Fenster in den Hof. Dort stand der Leiterwagen – gefüllt mit Strohballen und geschmückt mit Hopfenreben und Astern, den letzten Blüten des Geißblattes und Schafgarbendolden. Schnell zog sie die Schnallenschuhe an, die sie erst letzte Woche in Bromberg gekauft hatte, nahm ihr Umschlagtuch und hastete nach unten. Dort warteten schon ihre Mutter, der Stiefvater und Fritz und Gerta. Die drei Kleinen, die Kinder aus der dritten Ehe ihrer Mutter mit Erik von Fennhusen, blieben in der Obhut des Kindermädchens. Irgendwie beneidete Frederike sie. Zu Hause war es so behaglich.

Der Leiterwagen fuhr die Familie auf eines der abgeernteten Felder. Wind zog auf und wehte den Getreidestaub hoch, es sah aus, als ob Frauen in dünnen Kleidern über das Feld tanzten. Gerta nieste in einem fort.

»Reiß dich zusammen«, murmelte Stefanie und reichte ihrer Tochter ein Taschentuch. »Es dauert doch nicht lange.«

Dann trat einer der Erntehelfer vor.

»Wat seht ihr hier, in meener Hand, ihr alle hier zujejen? Et isser Kranz der Ernte, wie bekannt, drum danket Jottes Sejen.

Er is jeschmückt mit Blum und Band, mit Disteln und mit Dornen, dies alles schenkt det Vaters Hand ...«

So ging es noch eine Weile, und alle lauschten ehrfürchtig.

Dann sagte der erste Schnitter schließlich:

»Drum spielet nun den Lobjesang: *Nun danket alle Jott.*«
Sogleich stimmten die Versammelten das Lied an:
»Nun danket alle Gott / mit Herzen, Mund und
Händen,
der große Dinge tut / an uns und allen Enden,
der uns von Mutterleib / und Kindesbeinen an
unzählig viel zugut / bis hierher hat getan.«

Danach wurde den Mitgliedern der Gutsfamilie eine
Schleife mit Ähren an den Ärmel gesteckt, und anschließend ging es in die große Scheune, die ausgefegt worden
war und an deren Seiten Tische und Bänke standen. Die
große, kunstvoll gebundene Erntekrone nahm Onkel Erik,
Frederikes Stiefvater, in Empfang. Sie würde bis zur Weihnachtszeit in der geräumigen Diele des Gutshauses hängen. Erst wenn sie dort den Weihnachtsbaum aufstellten,
würde die Erntekrone abgenommen werden.

Weihnachten, dachte Frederike, das scheint noch so
weit hin zu sein, aber die Zeit verlief immer schneller.
Früher, als sie noch kleiner gewesen war, war Weihnachten immer das Großartigste im Jahr gewesen – das Essen,
die Geschenke, die Feste, der Tannenbaum und der Lich-
terglanz. Und es hatte ewig gedauert – von einem Weihnachten zum anderen. Aber jetzt schien ein Jahr im Nu
zu vergehen. Bald würde der Winter kommen, dann das
Weihnachtsfest, Neujahr. Die Zeit bis zum Frühjahr zog
sich immer noch wie Sirup, das schien sich nicht zu ändern – doch war es da, war es auch schon bald Sommer
und dann wieder Herbst. Die Abfolge der Jahreszeiten
war essentiell auf einem Gut wie Fennhusen, und obwohl
Weihnachten besinnlicher war, war das Erntefest wichtiger
für den Betrieb und die Leute. Jetzt war alles eingefahren,
und jetzt wurde gefeiert. Morgen würden sie anfangen zu

dreschen, aber heute war der Kornboden leer gefegt, und die Blaskapelle spielte auf.

Berge an Kuchen türmten sich auf den Tischen, und alle griffen beherzt zu. Zwei Ferkel wurden im Hof über dem Feuer gedreht, es roch jetzt schon köstlich. Die Köchin Schneider hatte extra viele Laibe Brot backen lassen, und einige Köpfe Kohl waren schon recht früh geschnitten, gestampft und in die Steingutgefäße eingelagert worden. Nun war der Krautsalat perfekt und konnte serviert werden.

Die Stimmung war ausgelassen, und Stefanie von Fennhusen eröffnete mit ihrem Mann den Tanz – mit einer Polka. Nach und nach schlossen sich die anderen an – zuerst der Inspektor mit seiner Frau, dann Hans, der Kutscher und Chauffeur. Es ging dem Rang nach, und das wurde penibel beachtet. Erst nach dem zweiten Tanz, einem Walzer, achtete keiner mehr auf die Regeln. Traditionsgemäß blieb die Gutsfamilie, bis das erste Schwein angeschnitten wurde, dann zog sie sich zurück und ließ die Leute feiern.

Alle aßen von dem knusprigen und saftigen Ferkel, dem Krautsalat und dem Brot, und natürlich gab es noch viel mehr Köstlichkeiten, und Fritz versuchte, von allem etwas zu essen.

»Du wirst platzen«, ärgerte Frederike ihn.

»Nein, das werde ich nicht«, gab Fritz zurück und nahm sich noch von den gefüllten Teigtaschen.

»Dir wird übel sein«, sagte Frederike und lachte.

»Und wennschon? Wann können wir so viel essen, ohne dass uns jemand auf die Finger schaut?« Er grinste.

»Marjellchen«, sagte Viktor, der erste Stallmeister, und nahm Frederikes Hand. Es war üblich, dass die Leute auch mit Mitgliedern der Familie tanzten, aber bisher war Frederike noch nie von einem Erwachsenen aufgefordert worden. Doch nun war sie sechzehn und beileibe kein Kind mehr. Sie war noch nicht in der Gesellschaft eingeführt – nicht Fisch, nicht Fleisch. Viktor machte das nichts aus. »Is 'ne Polka, Marjellchen. Lass uns de Beene schwinjen.«

Und das taten sie dann auch.

»Marjellchen«, sagte Viktor, als er sie nach dem Tanz zurück an ihren Platz führte, »du solltest darieber nachdenken, obde nich de Caramell reitest. Langsam, awwer sicher, wirste zu jroß fürde Dups, dein Pony.«

»Caramell?« Frederike sah ihn skeptisch an. »Die ist doch so unberechenbar. Und außerdem ist es Mutters Pferd.«

»Wann hatten deene Fruu Mudder dat letzte Mal jeritten? Muss Jahre her sin.«

Caramell war ein wunderschönes Ostpreußisches Warmblut Trakehner Abstammung. Onkel Erik hatte die Stute vor drei Jahren vom Gut Weidenfels gekauft – dem Gut von Frederikes Vater, den sie nie hatte kennenlernen dürfen, weil er schon vor ihrer Geburt gestorben war. Sie hatte keine enge Bindung zur Familie ihres Vaters – gerade deshalb aber hing ihr Herz an diesem Pferd. Caramell schien ein Vermächtnis zu sein, eine Verbindung.

»Meinst du wirklich, ich kann sie reiten?«, fragte Frederike und spürte ihr Herz pochen.

»Wär een Wunder, wenn nich«, sagte Viktor und schlug ihr lachend auf die Schulter. »Ausprobieren werden wir das inne nächsten Wochen, wa, Marjellchen?«

Er würde sie Caramell reiten lassen. Das blieb ihr von dem schönen Fest am meisten im Gedächtnis. Die Familie brach zurück zum Gutshaus auf, bevor die Heiterkeit ihren Höhepunkt erreicht hatte. Stefanie wies das Küchenmädchen, das tapfer die Stellung hielt, an, ihr eine große Kanne starken Kaffee zu brauen. Sie würde ihn brauchen, denn auch wenn die Familie nicht mehr mitfeierte, würde die ganze Nacht über an der Tür geklopft werden, und Stefanie würde manchen Streit schlichten, manche Wunde versorgen müssen.

Aber auch diese Nacht überstanden sie. Das Tagesgeschäft lief am nächsten Morgen etwas holprig an, aber nach und nach fanden alle zum Alltag zurück.

Am frühen Nachmittag ging Frederike in den Stall. Tomasz, der erste Stallbursche, versorgte die Pferde. Er war an der letzten Box, hinten, dort, wo Caramell stand, und fluchte laut.

Sie hatte auf dem Erntefest gesehen, dass er mit seiner Frau, die in der Gutsküche angestellt war, gestritten hatte. Im Grunde war das nicht ungewöhnlich, es stritten sich viele Paare auf solchen Festen, auf denen das Freibier floss und der Schnaps unter der Hand ausgeteilt wurde. Frederike mochte Tomasz, er tat alles für die Pferde. Aber mit Caramell hatte er seine liebe Mühe. Sie war tatsächlich etwas speziell, das musste selbst Frederike zugeben. Die Stute vertrug sich fast mit keinem anderen Pferd, nur Glumse, der falbe Kaltblüter-Wallach, war ihr Freund. Die beiden schienen sich zu lieben.

Tomasz kam in die Stallgasse und nickte Frederike zu. »Willste deine Dups reiten?«, fragte er mürrisch. »Is noch nich fertich.«

»Eigentlich wollte ich zu Caramell«, sagte Frederike leise, von dem Tonfall des Mannes verschüchtert.

»Caramell? Dat is keen Jaul, dat is nen Deuwel«, er winkte ab. »Lass se besser in Ruhe.« Vor sich hin schimpfend bog er in die nächste Chaussee ab.

Mit klopfendem Herzen ging Frederike zu Caramells Box. Die Stute schnaufte und schien zu schwitzen, so als ob sie unter Stress stünde. Ihre Augen waren geweitet, ihre Nüstern gebläht. Frederike suchte Viktor, doch er war nirgends zu sehen, also blieb ihr nichts anderes übrig, als enttäuscht wieder ins Gutshaus zu gehen.

Erst einige Tage später hatte Viktor Zeit. Er sattelte Caramell, brachte sie in den Hof, half Frederike in den Sattel und führte sie auf die Koppel.

»Reit sie langsam warm. Du musst dir mehr Mühe geben, bei deinem Pony ist das alles einfach, aber Caramell ist ein ängstliches Pferd.«

»Ängstlich?«, fragte Frederike überrascht. »Sie beißt doch alle weg. Sie ist aggressiv.«

»Dat isse nur, weil se ängstlich is. Du musst umjehen behutsam mit ihr.«

Frederike ritt erst nur im Schritt, das Pferd schnaubte, hob immer wieder den Kopf und schaute nach hinten.

»Ist gut, Caramell«, sagte Frederike leise. »Alles ist gut, wir müssen uns nur aneinander gewöhnen.« Sie klopfte auf den warmen Hals des Tieres, atmete seinen süßlichen Duft ein. Schließlich bog Caramell den Kopf und ließ sich reiten. Nun trabte Frederike ein wenig, dann ging sie wieder im Schritt, und schließlich brachte sie Caramell wieder zurück zum Stall.

»Dat haste jut jemacht«, lobte Viktor. »Kannste machen öfter.«

Von nun an versuchte Frederike öfters Zeit zu finden, um Caramell zu reiten. Aber selbst die Gutskinder hatten immer irgendetwas zu tun – auch außerhalb der Schulstunden. Und dann war da auch noch Dups, Frederikes Pony, das sie nicht vernachlässigen wollte.

Einige Wochen später – im Oktober, der Herbst war nun eindeutig eingezogen –, hatte Onkel Erik Freunde zur Jagd eingeladen. Seinen besten Freund, Friederich von Her-mannsdorf, und den nächsten Nachbarn, der nur 30 Kilo-meter entfernt sein Gut hatte – Herbert von Olechnewitz.

Wie immer mussten alle, auch die Gäste, früh aufste-hen und der Andacht, die Onkel Erik hielt, beiwohnen. Sie hatten sich, wie jeden Tag, um sieben Uhr in der Halle versammelt.

Frederike schaute zu ihrem Stiefbruder Fritz, der unver-hohlen gähnte. Auch Onkel Erik warf seinem Stiefsohn einen verärgerten Blick zu, fuhr dann aber mit der Mor-genandacht fort. Der vierzehnjährige Fritz hatte am gest-rigen Abend versteckt auf der Treppe gesessen und den Gesprächen der Männer gelauscht, bis ihn Leni, das erste Hausmädchen, entdeckte und ins Bett schickte.

»Du wirst morgen kaum aus den Federn kommen«, hat-te sie ihm gesagt und damit recht behalten. Wieder gähnte er, diesmal unterbrach Onkel Erik die Lesung. »Reiß dich zusammen, Junge!«, zischte er.

Endlich war die Morgenandacht beendet. Köchin Schneider und die Küchenmädchen eilten in das Souter-rain, um das erste Frühstück zuzubereiten.

»Nach dem Frühstück wollen wir los«, sagte Onkel Erik zu Hans, dem Stallmeister.

Hans nickte. »Ei, dann jeh ich ma und lass die Pferd-chen satteln.«

Gerulis, der erste Diener, und Leni waren ins Esszim-mer gegangen und deckten dort ein. Neben dem Esszim-mer war ein kleiner Anrichteraum mit dem Speisenaufzug. Sie hatten die Tür des Esszimmers hinter sich geschlossen. Aber schon bald würde der erste Gong ertönen, das Zei-chen, dass das Essen in Kürze serviert würde, und dann der zweite Gong, wenn angerichtet war.

Onkel Erik wandte sich zu seiner Frau, Stefanie von

Fennhusen. »Die Köchin wird uns ein zweites Frühstück einpacken?«

»Natürlich, Erik.« Stefanie lächelte. »Und falls ihr noch ansitzen wollt, lasse ich euch Suppe bringen.«

»Darf ich mit?«, fragte Fritz seinen Stiefvater. »Bitte.«

»Du wirst, genau wie die Mädchen, heute zum Schulunterricht gehen«, sagte Onkel Erik. »Und ich hoffe, du schläfst nicht ein.«

Fritz senkte den Kopf. »Ja, Onkel Erik«, sagte er.

»Kommst du mit mir?«, fragte Stefanie Frederike, ihre älteste Tochter. »Ich schau schnell nach den Kleinen.«

Frederike folgte ihrer Mutter gerne, sie liebte ihre Halbgeschwister und verbrachte oft Zeit mit ihnen, was die Kleinen sehr genossen. Auch jetzt juchzte die gerade vier Jahre alt gewordene Irmi auf und sprang in Frederikes Arme.

»Darf ich mit nach unten, Mutter?«, fragte sie.

Die Mutter schüttelte den Kopf. »Wir haben Gäste. Wenn ihr euch gut benehmt, dürft ihr heute Nachmittag etwas länger bleiben.« Stefanie sah Ruth, das Kindermädchen, an. Ruth nickte wissend. Wenn die Kleinen Gästen vorgestellt wurden, sollten sie die guten Sachen tragen.

»Och«, sagte Irmi enttäuscht. »Freddy und Gerta dürfen doch auch.«

»Irmikind, wir sind auch schon ein wenig älter. Wenn du so alt bist wie ich, darfst du auch immer unten essen. Aber früher mussten wir auch meist im Kinderzimmer speisen«, sagte Frederike. Sie schwindelte ein wenig, denn ihre Mutter hatte früher ein eher unorthodoxes Haus in Potsdam geführt. Es gab literarische Treffen, einen musikalischen Salon und viele Gäste. Die Kinder waren immer mittendrin. Das änderte sich schlagartig, als die Familie nach Ostpreußen zog. Hier war alles anders, hier galten auch andere Regeln. Es hatte ein wenig Zeit gebraucht, bis sich Frederike, Fritz und Gerta an das Gutsleben gewöhnt hatten. Doch nun konnte sich Frederike nichts anderes mehr vorstellen, und es schmerzte sie, dass sie im nächsten Herbst das Gut verlassen sollte, um in Bad Godesberg auf eine Schule für höhere Töchter zu gehen.

Der Gong erklang zum ersten Mal. Frederike setzte Irmi ab, strich Gilusch und Klein Erik über die Köpfe. »Ich komme später noch einmal«, versprach sie. Dann folgte sie ihrer Mutter nach unten.

Dort warteten schon die beiden Gäste und Onkel Erik, Gerta saß in einem Sessel am Kamin und las.

»Leg das Buch weg und geh dir die Hände waschen«, sagte Stefanie streng zu ihrer Tochter. Dann sah sie sich um. »Wo ist Fritz?«

»Ich gehe ihn holen, Mutter«, bot sich Frederike an.

»Nein, wenn er nicht auf den Gong hört, verpasst er eben das Frühstück.«

Doch in diesem Moment schwang die Haustür auf, Fritz kam hereingelaufen und brachte einen Schwall kühler und würziger Herbstluft mit.

»Hände waschen!«, mahnte Stefanie.

Frederike grinste. Ihr Bruder musste sich nicht nur die Hände waschen, er sollte sich auch die Haare kämmen und das Stroh von der Jacke entfernen. So, wie sie ihn kannte, hatte er beim Misten, Putzen und Satteln geholfen.

Fritz eilte nach oben und nahm mit jedem Schritt zwei Stufen auf einmal.

Der zweite Gong ertönte, und Gerulis öffnete die Tür zum Esszimmer. Noch bevor alle ihre Plätze eingenommen hatten, tauchte auch Fritz wieder auf. Das Gesicht gerötet, der Haaransatz nass – aber immerhin sauber. Schnell setzte er sich an seinen Platz und zwinkerte Frederike zu.

Normalerweise frühstückte die Familie gemeinsam – Onkel Erik, Stefanie, Tante Edeltraut und meistens auch Tante Martha – eine Freundin von Tante Edeltraut, die inzwischen ein Dauergast auf Fennhusen war und irgendwie zur Familie gehörte.

Auch die Hauslehrerin nahm am ersten Frühstück teil. Selbst der Inspektor hätte einen Platz an der Tafel gehabt, doch er zog es vor, das Frühmahl mit seiner Familie im Inspektorhaus einzunehmen.

Die Leute – wie das Personal auf dem Gut genannt wurde – aßen im Souterrain im Leutezimmer, allerdings erst, nachdem sie die Herrschaften bedient hatten.

Frederike wusste, dass dies nicht nur ein Ritual war, sondern auch Sinn und Zweck hatte, aber dennoch hatte sie es immer als ungerecht empfunden. Eigentlich sollten die Leute, diejenigen, die am frühesten aufstanden und das Haus besorgten, als Erste essen dürfen. Aber sie wusste auch, dass Köchin Schneider immer schon ein paar Scheiben Brot mit Butter in der Küche bereitet hatte und hier auf dem Gut niemand vor Schwäche umfiel.

»Ich habe den Burschen Bescheid gesagt«, sagte nun Onkel Erik zu seinen Jagdgästen. »Sie werden das Niederwild auf die Schonung am hinteren Wald treiben. Je nachdem, wie schnell wir fertig sind und wie sich das Wetter entwickelt, können wir auch noch auf den Ansitz gehen.«

»Das klingt hervorragend, Fennhusen«, sagte von Olechnewitz und rieb sich die Hände. »Wir werden einen vorzüglichen Tag haben.«

Die Männer brachen auf, im Hof standen schon gesattelt die Pferde. Hans würde ihnen mit einer kleinen Wagonette, auf der die Waffen, Decken, der Imbiss und Getränke verstaut waren, folgen. Die Treiber waren schon mit einem anderen Wagen in das Revier verbracht worden und trieben nun das Niederwild langsam in Richtung Lichtung.

Stefanie seufzte erleichtert auf, sobald die Männer das Haus verlassen hatten. Zwar war dies nur eine kleine Jagd und bei weitem kein großes Ereignis, dem noch ein Ball folgte, aber dennoch brachten die Besucher den Tagesrhythmus durcheinander.

Frederike schaute auf die Uhr. Bis der Schulunterricht begann, war noch etwas Zeit. Schnell schlüpfte sie nach unten in das Souterrain. Aus der Küche duftete es ganz herrlich. Das Brot buk, Speck wurde ausgelassen, und Köchin Schneider hatte eine kräftige Brühe angesetzt, die sie nun mit Wein ablöschte. Zischend stiegen die köstlich riechenden Schwaden aus dem riesigen Kessel empor. Schneider schüttete Wasser nach und gab ordentlich Salz dazu.

»Ei, Marjellchen«, sagte sie und lächelte. »Hat dir et Friehstickchen nich jereicht? Jankerste nach mehr?«

»Nein, danke«, sagte Frederike. »Das Frühstück war köstlich wie immer. Ich habe noch etwas Zeit, bis der Unterricht beginnt.« Sie ging zur hinteren Tür. Von dort aus führten vier Treppenstufen in den Hof. Hier stand im Sommer auch immer der Käfig mit den Putenküken, die die Köchin von Hand großzog. Ausgebrütet wurden sie in einem hölzernen Kasten, der durch einen Petroleumofen auf Temperatur gebracht wurde. Doch nun waren alle Küken groß genug, um im Stall bei den anderen Puten zu leben – bis sie eines Tages im Bräter endeten.

Frederike sah Fritz aus dem Stall kommen. Er grinste verschmitzt, bestimmt überlegte er sich gerade irgendwelche Streiche. Gefolgt von Hektor und Acor, ihren Hunden, lief Fritz über den Hof und näherte sich zielstrebig der Küchentür.

Was führt er wohl im Schilde, fragte Frederike sich amüsiert.

Fritz öffnete die Tür und zuckte zusammen, als er seine Schwester sah. Er roch nach Stall und süßlich nach Pferd.

»Hast du etwa beim Satteln geholfen?«

Fritz antwortete ihr nicht und ging an ihr vorbei in die Küche. »Liebste Schneider, ich wünsche Ihnen einen wundervollen Morgen.«

»Erbarmung«, seufzte sie. »Dat Piffke. Wat willste? Jankert dir es nach Leckereien?«

»Nee. Aber haben Sie vielleicht ein paar Fleischabfälle für die Hunde?«

»Ei, hamse nich jenuch Futterchen bekommen?«, fragte die Köchin verblüfft.

»Doch, schon. Aber ich will heute Nachmittag mit ihnen etwas unternehmen, und da wäre es gut, wenn sie vorher noch eine Kräftigung bekämen«, sagte Fritz.

Kräftigung – das Wort zog bei der Köchin. »Ei, vom Fleisch abfallen wird hier bei mir nie nimmer niemand.« Sie ging zu dem Eimer neben dem Herd und nahm eine Handvoll Fleischreste heraus. Normalerweise wären die in die Suppe gekommen oder zum Soßenansatz verwendet worden, aber ab und zu machte Schneider eine Ausnahme.

Die große Uhr in der Diele schlug, Frederike stieß ihren Bruder an. »Du solltest dich waschen und vielleicht ein anderes Hemd anziehen. Du riechst zehn Meter gegen den Wind, genau wie Hans.«

»Männlich herb?« Fritz kicherte und lief los. »Hast recht, Freddy, mach ich. Und verrat mich nicht.«

»Was hast du denn überhaupt vor?«, fragte sie und folgte ihm. Doch sie hörte nur noch seine schnellen Schritte auf dem Weg in die erste Etage.

»Nun, was ist denn hier los?«, fragte Stefanie, die im

kleinen Salon an ihrem Sekretär saß und ärgerlich auf-
blickte, als sie das Poltern auf der Treppe vernahm. Jeden
Morgen traf sie sich hier zur Besprechung mit der Mamsell. »Was macht ihr für einen Lärm?«

»Lärm?«, fragte Frederike unschuldig. »Ich höre nichts.«
In diesem Moment fiel Fritz' Zimmertür krachend ins
Schloss. Stefanie runzelte die Stirn.

»Gleich fängt der Unterricht an, Mutter«, sagte Frederike und lief auch nach oben. »Ich muss mir noch die Hände waschen.«

Während des Vormittags versuchte Frederike Blickkontakt
mit ihrem Bruder aufzunehmen, doch Fritz schien sich
ganz in seine Aufgaben vertieft zu haben.

»Frederike, konzentrier dich bitte«, ermahnte Fräulein
Hansen sie, die ihre Blicke bemerkt zu haben schien. »Du
solltest dein Material lernen. Schließlich musst du im
Frühjahr die externen Abschlussprüfungen ablegen, damit
du auf die höhere Schule gehen kannst.«

»Für mich wird das ein Klacks«, sagte Fritz, wie immer
ganz und gar von sich überzeugt.

»Wenn du deine Rechtschreibung nicht verbesserst,
habe ich da meine Zweifel. Aber vielleicht stellst du ja heute dein Können unter Beweis. Holt die Hefte hervor, wir
schreiben ein Diktat.«

»Jetzt?«, fragte Fritz entsetzt. »Einfach so?«

»Warum nicht? Ein Diktat ist ein Diktat. Und wenn du
den Text nicht vorher hast, kannst du es auch nicht üben«,
meinte Gerta und lachte leise. Sie war eine gute Schülerin,
nur etwas verträumt.

Fritz stöhnte auf, nahm dann sein Heft hervor und
tauchte die Stahlfeder in das Tintenfass. »Dann bringen
wir es lieber schnell hinter uns«, sagte er seufzend.

Um zehn gab es das zweite Frühstück, das die Kinder allerdings im Schulzimmer einnahmen. Meist gab es Brot mit Butter und hin und wieder auch Marmelade. An manchen Tagen kochte ihnen Schneider auch Klunkermus – eine süße und dicke Milchsuppe. Und an ganz besonderen Tagen bekamen sie Kompott dazu.

Die Kinder aßen gemeinsam mit der Lehrerin. Danach ging der Unterricht weiter. Zur Mittagszeit läutete der Gong abermals.

Fritz sprang auf. »Fräulein Hansen, heute Nachmittag habe ich ja Leibesertüchtigung. Hans ist allerdings mit auf die Jagd geritten. Er hat mir gesagt, dass ich Caramell bewegen soll.«

»Da hast du wohl eine fette Meise unterm Pony«, sagte Frederike lachend. »Du sollst Caramell reiten?«

Er sah sie an. »Tatsächlich soll ich das. Fragt Viktor.«

Wenn Fritz seinen Namen so voller Überzeugung erwähnte, log er nicht. Oder vielleicht doch? Frederike war sich nicht sicher. Eine leichte Röte lag auf seinen Wangen, das mochte aber auch der Aufregung geschuldet sein, Caramell wirklich reiten zu dürfen. Caramell war eigentlich Mutters Stute. Onkel Erik hatte sie ihr vor ein paar Jahren geschenkt. Doch Stefanie war danach entweder in anderen Umständen gewesen oder hatte sich um den großen Gutshaushalt kümmern müssen. Zeit, um sich mit der Stute, die deutliche Anzeichen eines Arabers in sich trug, zu beschäftigen, hatte sie nicht gehabt. Die Stute war wunderschön, von einem gleichmäßigen hellen Braun mit einer großen Blesse. Ihre Fesseln waren schlank, der Schweifansatz hoch, und die Augen wirkten riesig, man hatte den Eindruck, ein sanftes Tier vor sich zu haben. Nun war Caramell alles, aber nicht sanft. Sie war lebhaft, schreckhaft, geradezu biestig anderen Stuten gegenüber. Anderseits hatte sie einen wunderschönen Gang, man konnte sie mühelos durchs Genick reiten, wenn sie einmal Vertrauen gefasst hatte, und sie sprang im Gelände wie eine Göttin.

Seit Eriks Geburt war Stefanie zwei Mal mit auf die Jagd geritten, aber da hatte sie immer ein anderes Pferd gewählt, eines, das ruhiger und berechenbarer war.

Auf die Stutenweide konnte Caramell nicht, sie biss die anderen Pferde weg, schlug aus und machte regelrecht Jagd auf sie. Hans hatte einiges versucht, hatte ihr immer wieder andere Boxennachbarn gegeben, aber es war schwierig gewesen. Nun stand Caramell ganz hinten in der Stallreihe in der letzten Box. Neben ihr stand Glumse. Er war ein Falbe und hatte deshalb den Namen »Glumse«, was Quark bedeutete, bekommen. Glumse und Caramell liebten sich abgöttisch. Sie gingen immer zusammen auf die Weide, wurde einer von ihnen abgeholt, wartete der andere sehnlich auf die Rückkehr und wieherte schon, wenn er die ersten Huftritte auf der Chaussee hörte.

Glumse wurde als Kutsch- und Schlittenpferd eingesetzt, zog die Wagonette oder auch den Landauer. Manchmal tat er auch seinen Dienst als Rückepferd und musste Baumstämme aus dem Wald holen. Er war gutmütig, verschmust und jedermanns Liebling. Immer wenn die Kinder in den Stall gingen, bekam er ein Stückchen hartes Brot oder einen der schrumpeligen Äpfel, die in der Tonne vorne an der Stallgasse lagerten. Und natürlich bekam Caramell, nun, da die beiden beieinanderstanden, auch einen.

»Wenn Fritz reiten darf, möchte ich auch«, sagte Frederike. »Ich muss Dups sowieso bewegen, und Gerta sollte Fips reiten.«

Fräulein Hansen lachte auf. »Das könnte euch so passen. Ihr werdet euch an eure Handarbeiten setzen. Schließlich wollt ihr die ja bis Weihnachten fertigbekommen.«

»Bis Weihnachten ist es noch ewig hin«, sagte Frederike und zog einen Flunsch. »Und wieso darf Fritz reiten und wir nicht?«

»Weil es so ist, Fräulein«, meinte die Lehrerin und bedachte Frederike mit einem Blick, der kein Widerwort zuließ.

»Ich will aber auch reiten …«

»Ich will, ich will, ich will! Das ist ein Benehmen wie eine offene Brause und geziemt sich nicht. Punkt.«

Damit war das letzte Wort gesprochen.

Bevor sie in den Salon gingen, wuschen sich die Kinder flugs die Hände, stellten sich vor Fräulein Hansen auf, die nicht nur die Fingernägel und die Tintenspuren kontrollierte, sondern auch das Gesamtbild in Augenschein nahm.

Die Lehrerin seufzte auf. »Gerta, wie oft muss ich dir sagen, dass du nicht in deinen Haaren wühlen sollst?«, fragte sie vorwurfsvoll.

»Habe ich nicht«, sagte Gerta.

»Dann schau mal in den Spiegel.« Fräulein Hansen wies zum Erker, wo das Waschbecken war.

Gerta zupfte immer unbewusst an ihrem Zopf, zog Strähne um Strähne hervor und wickelte sie um ihre Finger. Obwohl Leni ihr am Morgen den Zopf frisch geflochten hatte, sah sie nun aus wie Struwwelpeters Schwester. Erschrocken drehte sich Gerta um.

»Das habe ich gar nicht gemerkt.«

»Merkste ja nie, sauselig wie du bist«, sagte Frederike. Sie ging zu ihrer Schwester, löste den Zopf, kämmte ihn durch und flocht ihn fix erneut. Schnell band sie die

Schleife, da ertönte auch schon der zweite Gong. Eilig liefen sie nach unten.

Gerulis hatte schon die Tür zum Esszimmer geöffnet, und Stefanie sah ihre drei ältesten Kinder tadelnd an. »Auch wenn die Gäste heute nicht am Mittagstisch sind, erwarte ich Pünktlichkeit von euch. Fräulein Hansen?« Stefanie zog eine Augenbraue fragend hoch.

»Es tut mir leid, gnädige Frau«, entschuldigte sich die Lehrerin. »Gerta …«

Stefanie winkte ab. »Ich will es gar nicht wissen. Irgendetwas ist ja immer. Deshalb wäre es schön, wenn die Kinder pünktlich bei Tisch wären.« Sie räusperte sich. »Jetzt muss ich überlegen, ob ihr heute Abend hier oder im Kinderzimmer esst.«

»Oh, Mutter«, flehte Frederike. »Gertas Zopf hatte sich gelöst, deshalb sind wir zu spät. Ich habe ihn schnell neu geflochten. Sonst wären wir pünktlich gewesen. Nicht wahr, Fräulein Hansen?«

»Ja, Mutter, es war meine Schuld«, sagte nun auch Gerta. »Es tut mir leid.«

»Nun gut. Ich denke darüber nach. Aber jetzt lasst uns essen.«

Das Mittagsmahl war eine einfache Mahlzeit. Es gab einen Eintopf, frisches Brot und kalten Braten. Als Nachtisch kamen die letzten Beeren mit etwas Sahne auf den Tisch. Doch im Souterrain wurde gekocht, gebrutzelt und gebraten. Für den Abend war ein Festmahl geplant, und allen lief jetzt schon das Wasser im Mund zusammen.

Leni kam aus dem Anrichteraum und sah Stefanie fragend an. »Darf ich Sie kurz sprechen, Gnädigste?«

Stefanie nickte. »Was gibt es?«

»Die Gnädigsten haben die Jagd erfolgreich beendet. Jarek ist gerade zurückgekommen.«

»Gab es genug für die Küche?«

»Reichlich. Ich soll nun ausrichten, dass die Gnädigsten zur Kanzel an der Lichtung im östlichen Wald geritten sind und dort noch ansitzen wollen.«

»Dann haben sie sich sicherlich ordentlich zu trinken mitgenommen. Ob ihnen heute noch etwas vor die Flinte kommt, ist eher fraglich. Die Treibjagd wird ja nicht nur das Niederwild hochgescheucht haben. Sie haben sicherlich auch die Rehe vergrämt. Und das Schwarzwild wird sich versteckt halten.«

»Ich sollte es nur ausrichten, Gnädigste.«

»Danke, Leni. Ich werde mir nachher den Jagderfolg ansehen und mich mit der Köchin besprechen.«

»Ich wäre so gerne dabei«, schwärmte Fritz. »Und wenn ich nur von weitem zuschauen könnte.«

»Bis in den östlichen Wald brauchst du zu Fuß gut zwei Stunden, da wärst du nicht mehr rechtzeitig zum Abendessen zurück. Außerdem bist du noch zu jung«, sagte Stefanie und legte ihre Serviette auf den Tisch. »Dann heben wir die Tafel jetzt auf und widmen uns alle unseren Aufgaben.«

Die Lehrerin sah Frederike und Gerta an. »Wir treffen uns in einer Stunde im Schulzimmer. Fritz – du hast zwei Stunden, aber ich möchte dich vor dem Essen noch sehen. Bis dahin habe ich eure Diktate korrigiert.«

Fritz verdrehte die Augen. »Kann das nicht bis morgen warten?«

»Nein.«

Fritz war der Erste, der nach dem Essen zu den Schlafzimmern der Geschwister gerannt war, um sich umzuziehen. Nur ein paar Minuten später kam er wieder nach unten. Die Absätze seiner Stiefel knallten auf den Treppenstufen.

Stefanie öffnete die Tür des kleinen Salons, in dem auch ihr Sekretär stand.

»Mäßige dich, Sohn. Wir sind hier nicht auf dem Exerzierplatz, das geht auch leiser und langsamer.«

»Ja, Mutter«, rief Fritz und lief mit der gleichen Geschwindigkeit weiter durch die gefliese Halle. Erst als die Tür hinter ihm ins Schloss fiel, kehrte wieder Ruhe im Hause ein.

Wirklich ruhig war es allerdings nie. Schon frühmorgens gingen die Zimmermädchen von Raum zu Raum – im Sommer öffneten sie die Fenster, im Herbst und Winter feuerten sie die Kamine an. Warmes Wasser wurde kannenweise nach oben getragen. Die Burschen wechselten die Eimer der Torfklos aus. Später wurden die Zimmer nach und nach gefegt, die Teppiche gekehrt, und es wurde Staub gewischt. In der oberen Etage wurden die Betten gemacht, die Wäsche eingesammelt, geputzt. Im Winter, wenn es geschneit hatte, wurden die großen Teppiche vorsichtig in den Schnee gelegt und dort dann ausgeklopft. Das dauerte mehrere Tage, und etliche Frauen aus dem Dorf kamen, um zu helfen.

Alle paar Tage wurde Holz aus den Lagern gebracht und im Hof kleingehackt, das Geflügel wurde bei gutem Wetter nach draußen gebracht und schnatterte, krähte und zwitscherte laut vor sich hin. Die Kühe in den nahe gelegenen Stallungen muhten, bevor sie gemolken wurden, und sie muhten auch, bevor sie im Herbst und Winter ihr Futter bekamen. Irgendwo bellte immer ein Hund.

Voller Ungeduld und Vorfreude war Fritz zum Stall gelaufen, um Caramell zu putzen und zu satteln, die Stute wieherte und nickerte und trat unruhig von einem Bein auf das andere.

Frederike war ihm zu den Stallungen gefolgt. »Bist du

dir sicher, dass du weißt, was du tust?«, fragte sie ihren Bruder.

»Natürlich!«

»Ich weiß ja nicht … Viktor hat dir das wirklich erlaubt?« Sie sah sich um, aber vom ersten Stallmeister war nichts zu sehen.

»Glaubst du mir etwa nicht?«, fragte Fritz verärgert. »Ich schaff das schon.«

»Der Laie ist verblüfft, und der Fachmann wundert sich«, sagte Frederike nur. »Soll ich das Gatter zum Reitplatz aufmachen?«

Caramell scharrte mit dem linken Vorderhuf nervös über das Pflaster.

»Nein«, sagte Fritz, stieg auf und nahm die Zügel. Dann lenkte er die Stute zum Wirtschaftspfad, der hinter den Stallungen vorbei an den Koppeln in den Wald führte.

»Wo willst du denn hin?«, fragte Frederike verblüfft.

»Zur Jagd.« Fritz lachte und ließ die Zügel locker, Caramell stob davon.

Er ist ganz und gar verrückt, dachte Frederike kopfschüttelnd. Hoffentlich passiert ihm nichts. Dann ging sie zurück zum Haus und nahm den Kücheneingang. Meistens war sie in der Küche ein gerngesehener Gast, aber diesmal herrschte hektische Betriebsamkeit.

»Außem Wech«, rief Hilde, das Küchenmädchen, und schubste Frederike fast zur Seite. Sie trug einen großen Topf mit heißer Brühe, den sie auf den Tisch am Fenster stellte. Dann wischte sie sich seufzend mit dem Unterarm über die Stirn.

»Ei, wir ham keene Zeit firne Pause«, herrschte Schneider sie an. »Sieh zu, dasse auf deinen Platz kommst un dat Jemiese schnibbelst.«

Hilde verdrehte die Augen, ging zurück an den Tisch und begann, Möhren zu schrappen.

Frederike spürte die Unruhe und die Nervosität, die in den Wirtschaftsräumen herrschten. Auf dem Tisch der Köchin lag das erlegte Wild des Vormittags: etliche Hasen, Fasane und einige Enten. Und dann sah sie den Keiler, der vor dem Fenster im Hof lag. An dem war sie vorbeigelaufen, ohne ihn zu beachten.

»Menschenskind, einen Keiler haben sie bei der Niederwildjagd erlegt? Das ist ja ein Ding.«

»Erbarmung, der arme Kerl hatte sich jebrochen ein Been und konnte nich mehr anständich laufen. War ne arme Sau. Un nu hamse ihn erlöst.« Schneider seufzte. »Hat jehungert die letzten Wochen. Is nich viel Fleisch anne Knochen un alt isser ooch noch. Der stinkt wie verjammelt. Awwer ich wird ihm schon verwerten irjendwie.«

Frederike nickte. »Sie machen aus allem etwas Leckeres.«

Schneider grinste. »Jankert es dich nachm Leckerchen, Marjellche?«

»Ich merke, dass ich störe ...«

»Ei, klar, dat tuste. Awwer nu biste schon mal hier.« Sie gab Frederike zwei Plätzchen und ein süßes Brötchen. »Un nu siehste zu, daste Land jewinnst.« Schneider stieß sie leicht in den Rücken und lachte.

Als Frederike und Gerta wieder in das Schulzimmer kamen, wartete Fräulein Hansen schon auf sie. Die beiden Mädchen nahmen ihre Handarbeit auf und senkten die Köpfe. Aber Frederike lauschte in Richtung Hof. Sollte Fritz nicht schon längst wieder zurück sein? Er kam nicht. Auch nach zwei Stunden war er noch nicht wieder da und so verteilte die Lehrerin die Diktate nur an die beiden Mädchen.

»Ich hatte«, sagte sie düster, »Fritz gesagt, dass er heute noch auftauchen sollte. Sein Diktat entspricht nicht meinen Erwartungen.«

»Vielleicht weiß er das?«, sagte Gerta.

»Das ist trotzdem kein Grund.«

»Er ist ausgeritten …«, murmelte Frederike.

»Das ist kein Grund!«

Sie nähten und stickten, bis die zwei Schulstunden abgelaufen waren, dann sprang Frederike auf.

»Ich nehme Dups und suche Fritz«, beschloss sie. »Kommst du mit?«, fragte sie Gerta.

»Ist er in den Wald geritten?«, fragte Gerta.

»Ja.«

»Ach, ich muss Fips bewegen, aber in den Wald reite ich nicht gerne.«

»Dann eben nicht.« Frederike eilte in ihr Zimmer und zog sich um. Ihre Reitsachen lagen in der kleinen Kammer neben der Toilette. Sie wurden regelmäßig, aber nicht täglich, gewaschen, und sie rochen immer nach Pferd und Stall.

Schnell zog sich Frederike um und eilte, die Stiefel in den Händen, weil sie wusste, wie sehr ihre Mutter das Getrappel auf der Treppe hasste, nach unten. Gerta folgte ihr.

»Ich komme mit. Alleine auf dem Platz ist es langweilig.«

»Wirklich?«

»Alleine im Wald ist es gruselig, aber mit dir fühle ich mich sicher.«

Die beiden Mädchen putzten ihre Pferde und sattelten sie. Onkel Erik legte Wert darauf, dass die Kinder die grundlegenden Handgriffe selbst beherrschten und sich um ihre Tiere kümmerten. In den Ferien mussten sie sogar im Haushalt und auf dem Gut mit anpacken, wie die Kinder der Pächter und die der Leute.

Am Anfang, kurz nachdem sie aus Potsdam gekommen waren, hatte Frederike es schrecklich gefunden, aber nun schätzte sie es sehr. Sie wusste, was die ganze Arbeit für die Leute bedeutete. Fritz sah das ein wenig anders. Er war ein richtiger Lausbub und hatte viel Blödsinn im Kopf. Nur bei Hans, dem der Fuhrpark unterstand, verbrachte er gerne und viel Zeit. Am liebsten beschäftigte sich Fritz mit dem Automobil. Mit Leidenschaft ölte er alles, was es zu ölen gab, schraubte und überholte. Und wenn Hans ihn dann manchmal den Motor starten ließ, war das das höchste der Gefühle für Fritz. Er durfte sogar schon ein paar Runden im Hof mit dem Vehikel drehen, was Onkel Erik aber nie erfuhr.

»Was glaubst du, wo Fritz ist?«, fragte Gerta, als sie ihre Pferde gesattelt hatten.

»An der östlichen Schonung.«

»Dort, wo Onkel Erik den Ansitz hat? Bei der Jagdgesellschaft? Warum sollte er dort sein?«, fragte Gerta verblüfft.

»Sei keine Kuh, Gerta. Er will zusehen, das wollte er schon heute Morgen. Aber er durfte nicht. Jetzt hat er es sich ermogelt.«

»Aber … das ist eine weite Strecke. Und das mit Caramell … sie ist immer so nervös.«

»Genau deshalb mache ich mir Sorgen und will ihn suchen.« Frederike stieg auf und lenkte Dups zum Wirtschaftsweg. In der Ferne tauchten dunkle Wolken auf, die Frederike mit Sorge sah. »Wir müssen uns beeilen, es wird bald dunkel. Und es wird regnen, vielleicht sogar schneien.« Sie trieb Dups an, Gerta folgte ihr. Schweigend ritten sie auf den Wirtschaftspfad, der an den Feldern entlang durch den Wald führte.

»Wir wären schneller an der Lichtung, wenn wir über die Felder ritten«, meinte Gerta.

»Das stimmt.« Frederike zügelte Dups. »Aber wir suchen Fritz. Ist er dem Pfad gefolgt? Oder hat er die Abkürzung genommen?«

»Fritz?« Gerta lachte auf. »Was glaubst du denn?«

Noch hielten sich große Schwärme an Graugänsen auf den abgeernteten Feldern auf und fraßen sich an den Resten satt, bevor sie ihre Reise in den Süden antraten. Die meisten Zugvögel hatten die Gegend schon verlassen, aber die Gänse ästen immer noch auf den Feldern.

Frederike nickte. »Aber welchen Weg hat er genommen?«, fragte sie sich leise.

»Welchen würdest du nehmen?«

»Hinter den Schnitterhäusern und dann über die Brücke.«

Die beiden Mädchen sahen sich an, nickten. »Gut, versuchen wir es.«

Sie ritten über die staubtrockenen Felder. Die Gänse trompeteten laut ihre Missgunst über die Störung heraus und stiegen in die Lüfte. Große Schwärme, die keilförmig über den Himmel zogen und sich dann wieder auf den Feldern niederließen.

»Falls Onkel Erik und seine Freunde noch auf dem Ansitz sitzen, sind sie jetzt sicher sauer«, sagte Frederike. »Es war keine gute Idee, die Gänse aufzuscheuchen.«

»Die werden doch sicherlich schon auf dem Heimweg sein«, meinte Gerta und versuchte, aufmunternd zu klingen.

Von Fritz war weit und breit nichts zu sehen. Sie ritten

weiter, Frederike schaute immer wieder besorgt nach oben. Wochenlang war es trocken gewesen, doch nun zog sich der Himmel bedenklich schnell zu. Vor ihnen kamen die Schnitterhäuser in Sicht. Im Sommer und im frühen Herbst, während der Ernte, wohnten hier die Kolonen, Erntehelfer, die von Gut zu Gut zogen. Die Häuser waren schlicht, aber sauber, und boten ein festes Dach an. Es gab eine Kochstelle und einen Abort pro Haus, Pumpen im Hof. Die meisten Schnitter kamen jedes Jahr wieder und schätzten die Unterkünfte. Inzwischen gab es zwar schon Maschinen, und auch Onkel Erik hatte eine Dresch-maschine gekauft, aber die Arbeit der Kolonen konnte da-mit noch nicht ersetzt werden.

»Schau mal«, sagte Frederike, als sie sich den nun wie-der verlassenen Häusern näherten, »ist da nicht jemand?«

»Das ist Fritz!«, rief Gerta erleichtert. »Fritz!«

»Aber irgendetwas stimmt nicht«, sagte Frederike leise und trieb ihr Pferd an. Die trockene Erde stob unter den Hufen, Staub wirbelte auf. Bald schon hatte sie die Schnit-terhäuser erreicht und sprang vom Pferd.

»Fritz?«

Ihr Bruder saß auf einer der Bänke, die vor den Häusern standen. Er hatte den Kopf gesenkt.

»Onkel Erik wird mich umbringen«, murmelte er nur.

»Was ist denn passiert? Und wo ist Caramell?«

»Sie hat mich abgeworfen«, gab Fritz zu. »Sie ist gestie-gen und hat dann gebuckelt, und ich bin im hohen Bogen geflogen.«

Frederike verkniff sich das Grinsen. »Hast du dir etwas getan?«

»Der linke Fuß …« Endlich hob er den Kopf. Sein lin-kes Auge war angeschwollen, er würde ein ordentliches Veilchen bekommen.

»Kannst du aufstehen?«

»Aber ja. Nur … bis nach Hause schaffe ich es zu Fuß nicht. Und Caramell …«

»Wo ist sie?«

Fritz zuckte mit den Schultern. »Weg.«

»Du liebe Güte, sie ist dir abgehauen?«

Fritz nickte.

»Onkel Erik …«, sagte Gerta ehrfürchtig. »Er wird …«

»Mir den Kopf abreißen. Ja, ich weiß.« Fritz seufzte. »Ich möchte gar nicht nach Hause.«

»Papperlapapp. Wo sollst du denn sonst hin?«, sagte Frederike. »Komm, steh auf und geh ein paar Schritte.«

Stöhnend stand Fritz auf und humpelte bis zu ihr.

»Zeig mal den Fuß.«

Fritz schüttelte den Kopf. »Dazu müsste ich den Stiefel ausziehen, und dann bekomme ich ihn nicht mehr an. Der Knöchel ist angeschwollen. Es wird immer schlimmer.«

»Meinst du, er ist gebrochen?«

»Ich glaube nicht. Bewegen kann ich ihn ja, auch wenn es höllisch weh tut.«

»Nun gut. Du musst nach Hause, er muss gekühlt werden.«

»Ich kann nicht ohne Caramell nach Hause, Freddy. Das geht nicht.«

Frederike überlegte. Fritz hatte einerseits recht, andererseits musste jemand nach seinen Verletzungen sehen, und hier bei den Schnitterhäusern konnte er schon gar nicht bleiben.

»Wo ist es passiert?«

»Dort hinten, wo der Wirtschaftsweg die Abzweigung hat. Auf der kleinen Lichtung steht die Wagonette. Onkel Erik und die anderen sind weiter bis zum Ansitz vor der großen Lichtung. Ich habe die Wagonette dorthin fahren sehen und wollte Caramell zügeln und abwarten. Mich sollte ja niemand sehen. Aber dann hat das blöde Vieh gescheut und mich abgeworfen.«

»Wo ist sie hingelaufen?«

»Zur Lichtung, glaube ich. Ich bin mir aber nicht sicher.«

Plötzlich hatte Frederike eine Idee. »Du steigst jetzt zu Gerta auf Fips, und ihr beide reitet nach Hause. Im Schritt geht das schon«, sagte sie streng. Gerta nickte. »Und ich suche Caramell. Wenn mich nicht alles täuscht, weiß ich, wo sie ist.«

»Wo denn?«, fragte Fritz und klang verzweifelt. »Das war so eine saudämliche Idee von mir. Onkel Erik wird sie mich nie wieder reiten lassen.«

»Hat er es dir denn wirklich erlaubt? Oder Viktor?«

Stumm schüttelte Fritz den Kopf.

»Du bist ein wahrer Esel. Ein Dämlack, wie er im Buche steht. Sei's drum, du musst nach Hause.« Frederike dachte nach. »Aber sag niemandem, wo du warst.«

»Aber wie soll er das mit dem Fuß erklären?«, fragte Gerta.

»Na, du wolltest mit Caramell auf den Platz hinter den Kuhstallungen. Und da hat sie dich abgeworfen.«

»Aber das ist ja meilenweit weg von hier.«

»Keiner muss erfahren, wo wir ihn gefunden haben. Wir haben dich hinter den Stallungen entdeckt, und du konntest nicht mehr laufen. Jetzt berappel dich mal und steig zu Gerta aufs Pferd. Und dann macht euch schön langsam auf nach Hause.«

Kapitel 2

Nur kurz sah Frederike den beiden hinterher. Fritz war mit Gerta auf das Pony gestiegen, langsam machten sie sich auf den Weg nach Hause. Fritz' Beine berührten fast den Boden, er war schlicht zu groß für das Pony, aber Fips hatte stabile Knochen und Fritz war zwar lang, aber nicht schwer.

Sie werden es schon schaffen, dachte Frederike zuversichtlich und trieb Dups an. Es würde schon bald dämmern, und vorher musste sie Caramell gefunden haben.

Dups senkte den Kopf, schnaubte und trabte los. Frederike konnte sich auf ihr Pferd verlassen, sie waren wie miteinander verbunden. Kurz vor der Kreuzung des Wirtschaftsweges zügelte Frederike ihr Pony und lauschte. Etwa einen Kilometer von hier begann die große Lichtung. An ihrem östlichen Rand war der Ansitz, den Onkel Erik bevorzugte. Doch etwa zweihundert Meter vom Rand der Lichtung Richtung Westen gab es einen kleinen Schuppen. Dort hielten sich die Jagdhelfer bei einer großen Jagd auf. Hans, der Stallmeister, war der Jagdgesellschaft am Morgen mit der Wagonette gefolgt. Mittags hatte er die Jagdbeute nach Hause gebracht und frische Getränke und einen großen Topf kräftige Suppe auf den Wagen laden lassen. Doch die nächste Tour hatte Viktor übernommen. Er war zum zweiten Lager gefahren, hatte die Pferde gefüttert und die Jäger mit Eintopf und Schnaps versorgt, genauso wie sich selbst.

Frederike hatte Dups einige hundert Meter entfernt

vom Schuppen angebunden und war leise durch das Unterholz geschlichen. Onkel Erik hatte ihnen nicht nur die Gutsarbeit, sondern auch die Jagd beigebracht.

Aus dem Schuppen erklang ein lautes, tiefes Schnarchen. Frederike musste nicht nachsehen, sie wusste, dass Viktor dort lag und seinen Rausch ausschlief. Ganz sicher hatte er dem Schnaps der Herrschaft gut zugesprochen. Sie schlich weiter zu der kleinen Lichtung, auf der Glumse und die Wagonette standen. Der Kaltblutwallach hatte einen Futterbeutel übergehängt bekommen, in dem nun auch die feurige Trakehnerstute ihr Maul quetschte. Einvernehmlich kauten sie den Hafer aus dem Beutel.

»Ich wusste, dass du hier bist, du kleiner Deuwel«, sagte Frederike zufrieden, nahm Caramell am Zügel und zog sie langsam von der Lichtung. Glumse schaute betreten drein, als hätte er einen Fehler gemacht. Caramell schien Frederike wütend anzufunkeln und hob nickernd den Kopf.

»Wenn du Theater machst«, sagte Frederike ernst, »kommst du in die Wurst. Schneider macht vorzügliches Brät aus Pferdefleisch. Du bist also besser jetzt lieb.«

Es schien, als hätte die Stute sie verstanden, gleichmütig trottete sie mit und ließ sich neben Dubs an den Baum binden. Noch einmal verschwand Frederike und lief zum Schuppen. In der Ferne auf dem Ansitz hörte sie Onkel Erik und seine Gäste lachen und krakeelen. Schießen würden sie nichts, so viel Lärm, wie sie machten. Jedes Wild hatten sie schon längst vertrieben. Aber zum Jagen waren sie wohl auch nicht auf dem Ansitz, sie wollten ein wenig Zeit miteinander verbringen, feiern und Spaß haben – weitab von den Gütern und den Belastungen, die sie bedeuteten. Dazu hatten sie nicht oft die Gelegenheit.

Frederike näherte sich dem Unterstand, in dem Viktor schlief.

»Grundgütiger!«, rief sie laut aus. »Viktor!«

Der arme Mann fuhr hoch, wischte sich über die Augen. Auf dem Boden lagen zwei der Schnapsflaschen, die Schneider der Gesellschaft mitgegeben hatte. Kartoffelschnaps aus eigener Herstellung. Daneben lag ein geleerter Henkelmann, in dem Eintopf gewesen war.

Viktors Augen waren rot unterlaufen, und er hatte einen hektischen Schluckauf. »Marjellchen, wat machste denn hier?«, fragte er, schaute sich um und rieb sich die Augen. »Erbarmung, muss wohl einjenickt sein. Mir ist janz dakig inne Dassel.«

»Darauf könnte ich wetten. Hast wohl ein Schlückchen zu viel genommen?« Frederike sah ihn vorwurfsvoll an.

Viktor senkte den Kopf. »Ei, sachs nich dem Jnädigsten.«

»Ach was denn, Viktor.« Sie reichte ihm eine Flasche Wasser. »Trink.«

»Aber Viktor«, sagte sie dann leise, »wie bist du bloß auf die Idee gekommen, Fritz mit Caramell ausreiten zu lassen?«

»Wat?«

»Na, du hast es ihm doch erlaubt.«

»Erbarmung, inne Lewen nich.«

»Doch, das hast du«, sagte Frederike und sah ihm in die Augen. »Du hast gedacht, es wäre gut, wenn Caramell von Fritz bewegt werden würde.«

»Hab ich?«, fragte Viktor unsicher.

»Ja, und ob.«

»Erbarmung, is wat passiert?«, fragte er nachdenklich.

»Du kennst sie doch, die Caramell. Sie hat Fritz abgeschmissen.«

»Wo?«

Frederike holte tief Luft. »Auf unserer Koppel«, log sie dann. »Onkel Erik wird schimpfen.«

»Der soll ma nich schümpfn, der soll ma zusehen, dat dat Pferdchen ordentlich bewejt wird, wirdse nämlich nich. Die brauch Beschäftijung, un der Fritz, der hatte Hummeln im Boppes, der könnte dat. Deshalb hab ich ihm auch dat Pferdchen jejeben.« Viktor richtete sich auf. »Jetzt weiß ich et wieder. So waret!« Er nickte heftig, trank noch einen Schluck Wasser.

»Sieh zu, dass du wieder nüchtern wirst«, sagte Frederike besorgt. »Bevor Onkel Erik und die Herrschaften kommen.«

»Jawoll, Marjellchen, mach ich. Un ich wird schon mittem Herrn reden wejenem Fritz, dem Lorbass. Dat wird schon jehen jut.«

»Ich hoffe.« Beschwingt machte sich Frederike auf den Weg zu den Pferden. Caramell sah immer noch missgelaunt drein. Frederike überlegte, welches der beiden sich wohl als Handpferd besser machen würde, und entschied sich dann, lieber Dups zu reiten und Mutters Stute zu führen.

Als sie losritten, wieherte Glumse in der Ferne. Caramell hob den Kopf und schien zu überlegen. Frederike sah sie an. »Wehe«, sagte sie. »Denk an die Wurst.« Die Drohung schien zu reichen, Caramell folgte ihr bis zum Gut. Sie ließ sich problemlos absatteln und einstellen.

Gerta und Fritz waren kurz vor ihr angekommen.

»Wo hast du sie gefunden?«, fragte Fritz.

»Was macht dein Knöchel?«, wollte Frederike wissen.

»Tut weh.«

»Kannst du auftreten?«

»Natürlich.«

»Gut.« Frederike zog ihre Geschwister zu sich. »Wir müssen uns jetzt eine gute Geschichte ausdenken. Caramell war, so wie ich es vermutet hatte, an der kleinen Lich-

tung bei Glumse. Die beiden sind einfach unzertrennlich.«
Sie erzählte Gerta und Fritz von Viktor.

Fritz lachte auf. »Das hast du wirklich getan? Und er
glaubt es?«

»Allerdings.«

»Du bist so knorke und phänomenal, Freddy, das glaubt
man kaum«, rief Fritz begeistert.

»Aber wir müssen noch erklären, wann und wo du vom
Pferd gefallen bist.«

Fritz senkte den Kopf.

»Wir sagen, du warst auf der hinteren Koppel reiten und
da hätte sie dich abgeworfen. Sie wäre über den Zaun gesetzt, und du hättest sie verfolgt und am Waldrand eingefangen. Du wärst aber mit ihr nach Hause gelaufen und
wärst nicht wieder aufgestiegen. Wir haben dich gefunden
und sind mit dir zurückgekehrt.« Frederike runzelte die
Stirn. »Macht das so Sinn?«, fragte sie ihre Geschwister.

»Absolut«, sagte Gerta. »So war das.«

»Gut, dann können wir jetzt mit Fritz zum Haus gehen,
und Mutter kann nach seinem Knöchel sehen.«

»Ich hoffe«, seufzte Fritz, »wir haben das Essen noch
nicht verpasst.«

»Heute Abend gibt es doch das Festessen, das findet erst statt, wenn Onkel Erik und die Gäste wieder da
sind«, lachte Frederike. Dann hob sie lauschend den Kopf.
»Lange wird es aber nicht mehr dauern, bis sie kommen.
Also lasst uns zum Haus gehen.« Eindringlich sah sie ihre
Geschwister an. »Keiner darf sich verplappern. Verstanden?«

»Verstanden!«, sagten Gerta und Fritz unisono.

Die beiden Mädchen nahmen den Bruder in die Mitte
und gingen langsam mit ihm zum Haus.

»Leide«, zischte Frederike Fritz zu, »aber leide nicht zu viel.«

»Zu Befehl«, wisperte er zurück.

Vor dem Haus blieben sie stehen. »Haupteingang oder Küche?«, überlegte Frederike leise.

»Küche«, sagte Fritz und steuerte den Nebeneingang an, aber schon öffnete sich die Eingangspforte, und Stefanie trat heraus.

»Kinder!«, rief sie aus. »Wo kommt ihr her? Wir haben uns schon Sorgen gemacht. Und wie siehst du aus, Fritz? Ist etwas passiert?« Sie eilte die Treppe nach unten. »Dreckig seid ihr alle«, stellte sie fest. »Ihr müsst in die Wanne. Inge, Badeöfen anheizen«, rief sie. »Sag schon, was ist mit dir?« Sie ging zu Fritz.

»Bin vom Pferd gefallen«, gab er zu und senkte den Kopf.

»Meine Güte! Hast du dich verletzt?«

Fritz hob verschämt den Kopf, das Veilchen war nicht zu übersehen.

»Ach … Grundgütiger.« Sie drehte sich um, rief zum Haus: »Wir brauchen Eis.« Dann sah sie Fritz mit zusammengekniffenen Augen an. »Und sonst?«

»Mein Knöchel …«

»Zeig!«

»Erst drinnen, Mutter. Wenn ich den Stiefel ausziehe, bekomme ich ihn nicht mehr an.«

»Natürlich, natürlich. Kannst du gehen? Soll dich jemand tragen?« Sie wandte sich wieder zum Haus. »Wir brauchen viel Eis.«

Frederike stützte Fritz, und gemeinsam erklommen sie die Treppenstufen nach oben. Auf dem Sofa im kleinen Salon setzte er sich. Frederike half ihm, den Stiefel auszuziehen.

Der Knöchel schwoll an, er hatte schon satte Farben an-
genommen.

»Gute Güte«, stöhnte Stefanie, »wir müssen den Arzt
rufen!«

»Was ist passiert?«, fragte Tante Edeltraut, die, von dem
Tumult aufgeschreckt, aus dem Salon kam. Dann sah sie
Fritz' Knöchel.

»Na, den hast du dir aber gründlich verstaucht. Darauf gehören eine ordentliche Bandage und Eis. Und dann
muss er den Fuß hochlegen.«

»Aber … aber es gibt doch gleich Essen …«, wandte
Fritz ein.

»Wir werden dir eine kräftige Suppe bringen lassen«,
sagte Tante Edeltraut und schmunzelte. »Wie ist das denn
passiert?«

»Ja, was ist geschehen?«, fragte nun auch Mutter nach.

»Das Pferd hat mich abgeworfen«, sagte Fritz leise.

»Ach herrje. Wieso warst du jetzt noch reiten?«, wollte
Stefanie wissen.

»Es ist schon vor ein paar Stunden passiert«, murmelte
Fritz.

»Hast du sonst noch Verletzungen? Zieh den Jumper
aus, Junge«, befahl Tante Edeltraut. »Und die Hose auch.«

»Hier?« Fritz wurde knallrot.

»Stell dich nicht so an. Wir wollen dich ja nur unter-
suchen.« Sie sah die Mädchen an, machte eine scheuchen-
de Handbewegung. »Raus mit euch.«

Inge kam und brachte eine große Emaille-Schüssel mit
Wasser, ein Tuch und Eis.

»Du hast ein ordentliches Veilchen«, sagte Stefanie,
hob Fritz' Kinn an und schaute ihm in die Augen. »Ist dir
schlecht? Schwindelig?«

»Nein, Mutter.«

»Gut, dann hast du wahrscheinlich keine Gehirn-erschütterung.«

»Wo nichts ist, kann auch nichts erschüttert werden«, sagte Frederike leise und nahm Gerta mit sich in den Flur. Sie zog die Tür hinter sich zu, allerdings ließ sie sie einen Spalt offen.

»Willst du etwa lauschen?«, fragte Gerta erstaunt.

»Du etwa nicht?« Frederike lachte auf. »Ich muss doch wissen, ob sich Fritz an unsere Geschichte hält oder ob er sich verrät.«

»Hoffentlich wird er eine Lehre daraus ziehen und sich nie wieder auf dieses Pferd setzen.« Gerta stapfte davon. An der Treppe blieb sie stehen, machte dann aber einen Abstecher nach unten ins Souterrain, von wo es köstlich duftete.

Hoffentlich tut er genau das, dachte Frederike, und setzt sich wieder auf Caramell. Fritz brauchte Herausfor-derungen, er brauchte den Kitzel und das Risiko. Und Ca-ramell war dafür bestens geeignet. Mit einem so eigenwil-ligen Pferd zu arbeiten erforderte viel Disziplin, und das ging Fritz ab. Er konnte nur gewinnen, wenn er sie weiter ritt. Aber das war natürlich auch Onkel Eriks Entschei-dung.

Frederike setzte sich in den Sessel in der großen Diele und spitzte die Ohren.

»Außer dem blauen Auge und dem verstauchten Knö-chel scheinst du keine weiteren Blessuren davongetra-gen zu haben«, sagte Tante Edeltraut und klang zufrie-den. »Inge, lass ihm eine Handbreit Badewasser ein. Du wäschst dich und ziehst deine Nachtbekleidung an. Dann machen wir dir eine Bandage, und du bekommst Eis auf den Knöchel.«

»Aber ... aber ... das Essen«, protestierte Fritz. »Schneider bereitet ein Festmahl zu, ich kann es bis hierher riechen ...«

»Wir lassen dich schon nicht verhungern, Sohn. Aber mit am Tisch wirst du nicht sitzen. Und nun tu, was deine Tante gesagt hat. Beeil dich, ich höre die Männer kommen, und die wollen sicher auch noch Badewasser haben.« Stefanie schob Fritz zur Tür.

Geistesgegenwärtig schlüpfte Frederike hinter den großen Ohrensessel und kauerte sich zusammen. Zu lauschen war eine Sache, sich dabei erwischen zu lassen eine andere.

Fritz humpelte, gestützt von Inge, dem Zimmermädchen, nach oben. Er war in Unterwäsche, seine Kleidung trug das Mädchen. Frederike musste sich ein Kichern verkneifen.

Ihre Mutter und Tante Edeltraut waren im Salon geblieben.

»Jetzt habe ich ihn gar nicht gefragt, auf welchem Pferd er denn geritten ist«, sagte Stefanie.

»Ist das nicht egal? Gaul ist Gaul. Und die Kinder müssen lernen, richtig mit den Tieren umzugehen. Bist du noch nie abgeworfen worden?«

»Zwei Mal«, gab Stefanie zu. »Aber ich bin auch keine große Reiterin.«

Tante Edeltraut seufzte auf. »Ich bin früher geritten wie ein Deuwel. Auf jeder Jagd war ich dabei – manchmal sogar noch im Damensitz. Ich habe alle geschlagen, alle überholt, jedes Hindernis genommen. Aber das war früher.« Sie räusperte sich. »Wenn ich die Geräusche richtig deute, kommen die Männer zurück. Und sie scheinen nicht mehr besonders nüchtern zu sein.«

In der Ferne hörte man lautes Singen und Gejohle.

»Hast du das etwa erwartet?« Stefanie lachte auf. »Heute Morgen war das Pflichtprogramm. Da haben sie geschossen, was die Flinten hergaben. Aber auf dem Ansitz werden sie Jägerlatein noch und nöcher von sich gegeben haben.«

»Es wird nie so viel gelogen wie vor der Wahl, während des Krieges und nach der Jagd«, stimmte Edeltraut ihr zu.

»Dann wollen wir mal schauen, dass es genügend heißes Wasser gibt, damit alle baden können. Und anschließend sollte Schneider ein opulentes und fetthaltiges Mahl servieren. Ich sage Gerulis, dass er den Wein zum Essen verdünnen soll. Wenn sie nach dem Essen noch Drinks zu sich nehmen und im großen Salon einschlafen, soll es mir egal sei.«

»Du bist herrlich pragmatisch, Stefanie«, meinte Tante Edeltraut. »Aber das heiße Wasser zum Baden solltest du beschränken – es wird sie müde machen, und durch die Hitze steigt der Alkohol noch mehr in ihre Köpfe.«

»Du hast recht.« Stefanie überlegte. »Vielleicht bringen wir sie dazu, in den Teich zu springen? Dann sind sie auf jeden Fall wieder nüchtern.«

»In den Teich? Wenn du das schaffst, verdienst du eine Medaille – das wird dir nicht gelingen.« Tante Edeltraut kicherte. »Ein lauwarmes Bad wird den Zweck auch erfüllen. Und stell dir vor, sie gehen wirklich schwimmen und holen sich einen Pips?«

»Kranke Männer? Vielleicht sogar mit einem Katarrh? Das wäre nicht auszudenken. Wir lassen sie lauwarm baden. Ich werde das schnell mit der Mamsell besprechen.«

»Dann werde ich Gerulis in Kenntnis setzen, was den Wein angeht.«

Schnell verließ Frederike nun ihr Versteck und eilte nach oben.

Kapitel 3

Sie haben mich gar nicht gefragt«, sagte Fritz, der nach Seife duftend mit feuchten Haaren in seinem Bett lag. Der verstauchte Fuß war auf zwei Polstern gelagert und mit einem Umschlag aus Eis beschwert. Auf dem Nachttisch stand ein Teller mit Klunkermus, Kompott und einigen Baisers, die Schneider hatte hochschicken lassen.

Neidisch schaute Frederike auf das Essen.

»Nimm dir ruhig«, sagte Fritz großzügig. »Inge hat gesagt, dass ich auch vom großen Essen noch was bekomme.«

»Na, hast du ein Glück«, sagte Frederike, grinste dann und nahm sich eines der köstlichen Baisers. Krachend zerbiss sie es und schmeckte die Süße des Eiweißes im Mund. »Onkel Erik wird fragen.«

»Ja, ich weiß.« Betreten senkte Fritz den Kopf. »Ich war mir sicher, ich kann sie halten – aber sie ist komplett durchgedreht.«

»Caramell ist kein Wald-und-Wiesen-Pferd. Um sie reiten zu können, muss man früh aufstehen. Aber du solltest es wieder versuchen. Das nächste Mal dennoch wirklich auf der Koppel.«

»So schnell gebe ich nicht klein bei.«

»Gut«, sagte Frederike, nahm sich noch ein Baiser und stand auf. »Ich muss mich frisch machen und umziehen. Gleich gibt es Essen.«

Die drei Jäger waren inzwischen zurückgekehrt. Onkel Erik war im Bad, seine beiden Freunde hatten jeweils eine

Zinkwanne auf ihr Zimmer bekommen. Die Burschen hatten eimerweise das warme Wasser hochtragen müssen.

Frederike huschte in ihr Zimmer. Sie wusch sich mit dem kalten Wasser, das im Krug auf ihrer Kommode neben der Waschschüssel stand. Es machte ihr nichts aus, denn sie war es gewohnt. Nur zwei Mal in der Woche durften die Kinder baden – nacheinander. Immer wenn einer fertig war, wurde etwas von dem Wasser abgelassen und heißes Wasser aus dem Badeofen nachgefüllt. Mehr als zwei Handbreit Wasser bekamen sie aber nie.

Letzten Sommer hatte Frederike ihre beste Freundin Thea in Berlin besucht. Theas Mutter war Stefanies beste Freundin – die beiden kannten sich von Kindesbeinen an, wie nun auch Thea und Frederike. Die Familie von Larum-Stil hatte eine schöne Stadtvilla in Berlin, und dort war alles viel annehmlicher. Es gab zwei Bäder und heißes Wasser, so viel man wollte. Und dazu auch noch Schaumbad. Der reine Luxus. Frederike hatte es sehr genossen, aber das Leben in der Großstadt verstörte sie. Sie mochte die Ruhe des Gutes und ihre Freiheiten. In Berlin hätte sie sich niemals allein auf die Straße getraut. Hier auf dem Gut war das anders – und da nahm sie das wenige Badewasser gerne in Kauf.

Sie wusch sich, zog sich um und ordnete die Frisur. Der erste Gong ertönte. Schnell schlüpfte sie in die Schuhe und lief nach unten. In der Halle warteten schon Gerta, Stefanie, Tante Edeltraut und Tante Martha. Nun kamen auch die drei Jäger herunter, frisch gewaschen und gekämmt – gerade rechtzeitig vor dem zweiten Gong.

Gerulis öffnete die Tür zum Esszimmer, und alle gingen zu ihren Plätzen.

»Wo ist Fritz?«, fragte Onkel Erik und sah sich um. Fritz' Platz war natürlich nicht eingedeckt worden.

»Er hatte einen kleinen Reitunfall«, erklärte Stefanie. »Ein blaues Auge und einen verstauchten Knöchel.«

»Was? Wie ist das denn passiert?«

»Ich hatte noch keine Zeit, ihn genauer zu befragen. Edel und ich haben uns um seine Blessuren gekümmert und ihn dann zu Bett geschickt.«

»Auf welchem Pferd ist er denn geritten? Das kann ja nicht Axos, seine alte Mähre, gewesen sein. Wenn Axos ihn abwirft, bekommt er wieder ein Pony.«

»Er ist Caramell geritten«, sagte Frederike.

»Ja, hinten auf der zweiten Koppel«, fügte Gerta hinzu und breitete die Serviette ordentlich auf ihrem Schoß aus.

»Caramell?« Onkel Erik schüttelte den Kopf. »Was fällt dem Bengel …«

In diesem Moment servierten Gerulis und Leni die Suppe. Es war eine sehr würzige Consommé aus den Fasanenkarkassen, mit Eierstich und Gemüseeinlage.

Onkel Erik wartete, bis das Personal den Raum wieder verlassen hatte. »Wieso hat er Caramell geritten?«

»Ich glaube, das war so …«, sagte Frederike und hielt kurz inne, »du hattest zu Viktor gesagt, dass Caramell mehr bewegt werden muss, und deshalb hat Viktor sie für Fritz fertiggemacht.«

»Natürlich muss sie mehr bewegt werden«, sagte Onkel Erik verärgert, »aber doch nicht von dem Jungen.«

»Aber du hattest doch auch gesagt, dass Fritz größere Herausforderungen beim Reiten braucht. Viktor hatte das wohl so verstanden.« Frederike lächelte.

»Hatte ich das gesagt?«, fragte Onkel Erik ein wenig verwirrt.

»Ja, das hattest du«, meinte Gerta, ohne aufzublicken.

»Da staunt der Fachmann, und der Laie wundert sich«, murmelte Frederike. »Welten tun sich auf, Gerta.«

Ihre Schwester zwinkerte ihr zu.

Tatsächlich hätte Frederike niemals gedacht, dass Gerta so schwindeln konnte und das sogar, ohne mit der Wimper zu zucken.

»Nun ja, eigentlich sollte der Junge das auch …«, brummte Onkel Erik.

»Um welches Pferd dreht es sich denn hier?«, fragte Herbert von Olechnewitz.

»Die kleine braune Trakehnerstute, die ich Steff gekauft habe. Sie hat ordentlich Hummeln unterm Sattel.«

»Du hast sie mir damals vor der Nase weggekauft. Ich hätte sie gerne genommen.«

»Du bist doch viel zu groß für sie.«

»Nicht für mich, für Katharina.«

»Ist Katharina wieder bei euch auf dem Gut?«, fragte Stefanie.

»Ja, sie hat die höhere Schule beendet, und so ein Pferd wäre die richtige Aufgabe für sie.«

»Hat sie denn schon … etwas anderes in Aussicht?«, fragte Tante Edeltraut.

»Noch nicht – aber sie ist ja erst neunzehn. Es gibt Kandidaten«, sagte von Olechnewitz und strahlte stolz in die Runde. »Sie wird sicherlich nicht auf dem Gut vertrocknen.«

Tante Edeltraut sah Tante Martha an und hüstelte. Die beiden hatten ihre Verlobten im Großen Krieg verloren, und es hatte sich kein geeigneter Kandidat mehr gefunden.

Stefanie wurde rot, aber von Olechnewitz bemerkte seinen Fauxpas gar nicht.

»Caramell ist meine Stute«, sagte sie freundlich. »Ich denke, ich möchte sie behalten. Es ist ein schönes Tier.«

»Ja, aber sie muss doch auch bewegt werden, Steff«,

wandte Onkel Erik ein. »Und das ist dir im Moment nicht möglich.«

Frederike hielt den Atem an. Onkel Erik konnte das unmöglich ernst meinen. Caramell war nicht irgendeine Stute, sie kam aus der Zucht der von Weidenfels. Caramell war quasi alles, was sie von der Familie ihres Vaters noch hatte. Und außerdem war es ein ganz besonderes Tier. Das konnte man doch nicht einfach so verkaufen. Frederike spürte das Entsetzen über den Gedanken wie einen dicken Kloß in ihrem Magen. Plötzlich war ihr der Hunger vergangen. Obwohl sie Caramell erst einige Male bewegt hatte, fühlte sie sich mit ihr verbunden – sie beide waren von Weidenfels. Obwohl Onkel Erik Frederike nicht anders behandelte als die anderen Kinder, wusste sie doch sehr genau, dass sie nicht wirklich zu dem Gut gehörte, und jedes bisschen an Zugehörigkeit war ihr wichtig.

»Ich bin mir sicher, Fritz wird das im Laufe der Zeit schon hinbekommen. Du bist sicherlich früher auch das ein oder andere Mal abgeworfen worden.« Stefanie lächelte.

»Ich? Also …«, sagte Onkel Erik empört.

»Natürlich ist er das«, fiel ihm Tante Edeltraut ins Wort. »Mehr als einmal.«

»Das Stütchen scheint ja eine rechte Nummer zu sein. Bekommen wir sie morgen zu Gesicht?«, mischte sich nun von Hermannsdorf ein.

»Ja, das können wir machen. Du könntest sie sicher reiten.« Onkel Erik warf einen Blick zu seinem Nachbarn, der mit knapp zwei Metern und gut hundertzwanzig Kilo doch etwas zu massig für die Stute war. »Oder ich. Herbert nicht. Sie hat einen herrlichen Gang, eine wunderbare Kopfhaltung. Indes – sie hat auch einen ziemlichen Dickschädel.«

»Das werden wir ja sehen.«

»Was ist für morgen geplant?«, fragte Stefanie, die sehr wohl wusste, dass es am nächsten Tag auf die Parforcejagd gehen sollte. »Und wart ihr beim Ansitz erfolgreich?«

Frederike bewunderte, wie geschickt ihre Mutter das Thema wechselte.

⁂

Am nächsten Morgen erschienen alle wieder zur Andacht. Auch Fritz humpelte die Treppe hinunter und stellte sich mit auf.

»Wie geht es dir?«, fragte Onkel Erik und besah sich das blaue Auge des Stiefsohnes. »Wie konnte das passieren?«

»Sie hat erst gebuckelt, dann ist sie hochgegangen, und ich konnte mich einfach nicht mehr halten. Das Veilchen habe ich mir selbst zugefügt … beim Fallen habe ich mir eine verpasst.«

»Und der Fuß?«

»Schön bunt, aber nicht mehr so dick wie gestern.«

Onkel Erik schlug ihm aufmunternd auf die Schulter. »So etwas passiert. Aber du bist wieder aufgestiegen?«

Fritz schluckte. Er wusste nicht genau, was seine Geschwister erzählt hatten. Hilfesuchend sah er Frederike an.

»Aber Onkel Erik, er konnte ja gar nicht laufen. Wir haben Caramell eingefangen. Und dann haben wir beide nach Hause gebracht. Fritz ist allerdings auf Fips geritten.«

»Immerhin ist er wieder auf ein Pferd gestiegen, das ist wichtig. Merkt euch das, Kinder – wenn ihr abgeworfen werdet, sofort wieder aufsteigen.« Er nickte ihnen zu und ging dann zu seinen Kameraden, die schon die heutige Jagd besprachen.

»Das war knapp«, seufzte Fritz leise.

»Noch ist alles gutgegangen«, meinte Frederike zufrieden. »Aber wehe, er verkauft Caramell.«

»Er will sie verkaufen?« Fritz sah sie erschrocken an. »Nicht unsere Caramell.«

»Onkel Herbert will sie haben. Für Katharina.«

»Katharina die Große? Die die Nase so hoch trägt, dass sie ihre Schuhe nicht mehr sehen kann? Das darf nicht passieren«, meinte Fritz geknickt.

»Wenn, dann werden wir es verhindern. Ganz sicher.«

Der Tag verlief ohne weitere Zwischenfälle. Fritz nahm am Unterricht teil – den Fuß auf einen Hocker gebettet. Alle paar Stunden brachte Leni einen neuen Wickel mit Eis.

»Heute Abend wird es Reh geben«, sagte Gerta und leckte sich über die Lippen. »Rehkeule und gespickten Rehrücken. Dazu grüne Bohnen mit Speck und Kartoffelstampf.«

»Außerdem macht sie Wachteln – sie haben gestern ein paar erlegt«, schwärmte Frederike.

»Ich hoffe, Schneider hat sie gut untersucht. Ich hasse es, auf Schrot zu beißen«, sagte Fritz.

»Du hast ja Sorgen«, lachte Frederike.

»Und wie kann es heute Reh geben, wenn wir noch nicht einmal wissen, ob die Jagd heute erfolgreich ist?«, setzte Fritz nach.

»Da kann man mal sehen, dass du nur in die Küche gehst, um zu naschen. Natürlich ist das Reh, das es heute gibt, schon vor drei Wochen geschossen worden. Das Fleisch musste ja abhängen.« Frederike verdrehte die Augen. »Manchmal bist du so ein Dummbaddel.«

»Darüber habe ich nicht nachgedacht«, sagte Fritz beschämt.

Abends gab es das köstliche Reh in mehrfachen Varianten – den gespickten Rücken, die Keule geschmort, ein

Ragout und etliches mehr. Dazu das letzte frische Gemü-
se – Bohnen, Cardy, Kartoffeln, und sogar kleine Tomaten aus dem Gewächshaus gab es noch. Dazu gestampf-
ten Sellerie und Buttermöhrchen. Vorher hatte Schneider
eine Pilzcremesuppe serviert. Als Nachtisch gab es Eis. Ein
köstliches Menü.

»Fahrt ihr im November auch nach Steinort?«, fragte
Friederich von Hermannsdorf. »Die alte Exzellenz feiert
ihren neunzigsten Geburtstag.«

»Sie feiert groß, und ja, wir sind auch eingeladen und
werden natürlich kommen«, sagte Stefanie.

»Wirklich?« Fritz' Augen blitzten auf. »Phänomenal.«

»Nein, ihr nicht. Ihr seid nicht geladen, sie erträgt keine
Kinder mehr«, erklärte Stefanie.

»O menno!«, beschwerte sich Fritz.

»Wer fährt denn?«, fragte Frederike vorsichtig nach.

Stefanie sah sich um. »Wir alle, nicht wahr? Edel? Martha? Ihr kommt doch auch mit?«

Die beiden nickten.

»Dann sind wir ganz alleine hier«, sagte Gerta verson-
nen.

»Nein, denn ich fahre sicherlich nicht mit«, sagte Fräulein Hansen, die Lehrerin. »Ich bleibe mit euch hier, und
wir werden einen ganz normalen Tagesablauf haben.«

Alle drei Kinder seufzten enttäuscht auf.

»Wie lange seid ihr denn weg?«, fragte Frederike.

»Nun, für die Feier sind zwei Tage angedacht. Vorher
möchte ich aber noch Freunde besuchen – also fahren wir
einen Tag eher los, und anschließend wollte ich mit deiner
Mutter nach Berlin«, zählte Onkel Erik auf. »Eine Woche
sind wir sicherlich unterwegs.«

»Und Martha und ich wollten anschließend noch auf
die Kurische Nehrung und ein wenig Herbstluft inhalie-

ren, bevor der wirkliche Winter kommt. Er kommt ja immer so schnell«, sagte Tante Edeltraut.

»Im November auf die Kurische Nehrung? Da ist es doch feucht und nebelig«, meinte von Olechnewitz und rieb sich über den Bauch. »Eure Köchin ist superb – Gratulation. Falls ihr sie loswerden wollt …«

»Erst die Stute, dann die Köchin?« Erik lachte. »Willst du mir auch noch das Gut abkaufen?«

»Keine Sorge, mein Gut reicht mir. Aber man muss jede Gelegenheit nutzen, habe ich in langen Jahren gelernt.« Er lachte leise. »Nimmst du die Stute mit nach Steinort?«

»Natürlich nicht. Was soll ich dort mit ihr?«, fragte Erik.

»Wir werden dort jagen. Bestimmt eine Hatz und eine Parforcejagd, dafür wäre das Mädchen ideal. Ich finde sie entzückend.«

»Sie hat ziemlich viel Charakter«, seufzte Erik. »Ich weiß nicht mehr, wann ich das letzte Mal so viele Paraden habe geben müssen.«

»Aber ihre Hinterhand ist sensationell. Das Pferd hat einen Gang, der ist zum Träumen. Ich kaufe sie dir sofort ab, lieber Erik.«

»Lass es gut sein«, winkte Erik ab. Er sah sich um, alle hatten den Nachtisch beendet. »Sollen wir auf ein Glas und eine Zigarre in den Salon gehen?«

Und das taten sie dann auch. Die Kinder wurden nach oben geschickt, die Frauen tranken ein Gläschen Likör im kleinen Salon, danach gesellten sie sich wieder zu den Männern. Es wurde erzählt und gelacht, das eine oder andere Glas mochte auch noch getrunken worden sein.

Fräulein Hansen, deren Zimmer in der Mansarde war, ging mit den Kindern nach oben. Sie nahm zwar an den Mahlzeiten teil, aber nicht am Rest des gesellschaftlichen

Abends. Außer es gab eine größere Gesellschaft, da wurde sie manchmal dazugebeten, vor allem, um Klavier zu spielen und ein Lied zum Besten zu geben.

»Menschenskinder«, sagte Fritz. »Mindestens eine Woche sind alle weg.« Er sah Fräulein Hansen treuherzig an. »Müssen wir dann wirklich auch immer Unterricht haben? Haben wir nicht auch ein wenig Urlaub verdient?«

»Das werden wir dann sehen«, sagte Fräulein Hansen und schmunzelte.

»Ach bitte«, sagte auch Gerta. »Wir mühen uns doch so ab.«

»Davon habe ich bei eurem letzten Diktat allerdings nichts gesehen«, sagte die Lehrerin. Sie blieb auf dem Treppenabsatz stehen und sah die Kinder an. »Wenn ihr euch in den nächsten Wochen Mühe gebt – also euch wirklich ins Zeug legt –, dann kann ich darüber nachdenken, ob wir verringerten Unterricht machen in der Zeit, wenn eure Eltern weg sind. Vielleicht ist auch ein Besuch in Bromberg drin.«

»Das wäre knorke!«, rief Gerta und umarmte die Lehrerin begeistert. »Phänomenal!«

»Psst«, mahnte das Fräulein und schaute zur Tür des Kinderzimmers. »Ihr weckt noch die Kleinen auf. Und außerdem müsst ihr euch erst noch beweisen.«

»Das machen wir«, versprach Frederike.

Kapitel 4

Anfang November war der Herbst schon weit fort-geschritten. Hatten die letzten bunten Blätter im Okto-ber noch in der Sonne geleuchtet und die Spinnweben wie lange Seidenfäden über den Wegen geschwungen, war nun alles grau in grau. Morgens stand der Nebel dicht über den Feldern, es war nass und kalt, und der Wind aus dem Os-ten wurde immer eisiger.

Schon lange waren fast alle Zugvögel davongeflogen, und in den frühen Stunden hörte man nur das Ächzen des Gebälks und das Pfeifen des Windes statt der Melodien, die die Singvögel im Sommer trällerten.

Frederike war froh, dass Tante Edeltraut und Tante Mar-tha das ganze Jahr über fleißig strickten – so hässlich die wollene Unterwäsche auch war, sie wärmte hervorragend.

Es wurde immer früher dunkel, doch an diesem Tag war es erst gar nicht richtig hell geworden. Die Kinder waren nach dem Unterricht in die warme und duftende Küche gegangen. Frederike und Gerta halfen, Klöße zu rollen, während Fritz sich von der Köchin verwöhnen ließ. Na-türlich steckte Schneider auch den Mädchen immer mal wieder Leckereien zu. Außerdem standen Tassen mit hei-ßer, süßer Schokolade vor ihnen.

Plötzlich öffnete sich die Tür, die in den Hof führte, und Dawid, der Sohn des Schweizers, kam, zusammen mit einem Schwall feuchtkalter Luft und etlichen matschigen Blättern, herein. Dawid war so alt wie Fritz, die beiden hatten sich angefreundet.

»Fritz«, rief Dawid aufgeregt. »Komm mit. Mein Vater ist aus Bromberg zurückgekehrt. Er hat sich ein DKW-Fahrrad gekauft. Das musst du sehen.«

»Einen Arschwärmer?«, fragte Fritz. »Ernsthaft?«

Dawid nickte. »*Das Kleine Wunder* nennt man es auch.«

»Was ist das?«, fragte Frederike und putzte sich die Hände am Geschirrtuch ab.

»Du weißt nicht, was ein Arschwärmer ist?« Fritz lachte.

»Ei, du Lorbass«, sagte die Köchin und hob drohend ihren Zeigefinger, »solche Wirter willich nich hiren in meene Kieche. Lass das, oder es jibt mummeldrachtig wat auffe Finjer, hasse verstanden?«

»Entschuldigung, Schneider«, sagte Fritz, »aber wenn es nun mal so heißt? Das ist ein Fahrrad mit einem Hilfsmotor auf dem Gepäckträger. Und weil der Motor nun mal warm wird, nennt man das so.«

»Erbarmung, eenn Fahrrad mittem Motor?«, sagte die Köchin erstaunt. »Is deen Vadder nun molsch jeworden, Dawid?«

»Nee, ist er nicht. Er ist nicht faul – aber er muss ja immer wieder von Stall zu Stall und dann auch auf die Weiden und zur Molkerei und zur Käserei. Da hat er sich gedacht, dass so ein DKW bestimmt sehr hilfreich sein würde.«

»Ei, wird ja ooch nich jinger, deen Vadder.« Schneider nickte.

»Ein Fahrrad mit Motor, das will ich sehen«, meinte nun auch Gerta.

»Awwer zieht euch wat an, – nich, dat ihr euch wat wechholt, is ja am pladdern.«

Die Kinder nickten und rannten nach oben. Dort zogen sie ihre Lodenjacken an und schlüpften in die Stiefel. Dawid hatte den Küchenausgang genommen und wartete schon ungeduldig auf dem Hof auf sie.

»Wo ist denn dein Vater?«, fragte Fritz.

»Na, wo wohl? Im Stall. Muss ja nach dem Rechten sehen. War ja den ganzen Tag nicht da.«

»Und da hat er auch *Das Kleine Wunder*?«

Dawid nickte. Schnell liefen alle vier über den Hof und an den Gärten vorbei zum Wirtschaftsteil des Gutes.

»Warum heißt es *Das Kleine Wunder*?«, fragte Gerta.

»Menschenskind, du weißt ja gar nichts«, lachte Fritz. »Der Betrieb heißt DKW – das kommt von *Dampf-Kraft-Wagen*. Und dann haben sie immer das Kürzel genommen, um ihre Produkte zu benennen. Kannst du dich noch an die Dampfmaschine erinnern, die ich vor drei Jahren zu Weihnachten bekommen habe? Diesen Motor?«

»Der so entsetzlich viel Lärm gemacht hat?«

»Genau. Der war auch von der Firma. Und sie nannten ihn: *Des Knaben Wunsch*.«

»*Des Knaben Wunsch*«, murmelte Frederike. »D-K-W. Genial!«

»Sie versuchen all ihren Erzeugnissen solche Namen zu geben«, erklärte nun auch Dawid. »Deshalb heißt das Fahrrad mit dem Hilfsmotor auch *Das Kleine Wunder*.«

»Ich hab's kapiert, Dawid«, sagte Frederike und gab ihm eine leichte Kopfnuss. »Bin ja nicht ganz blöde.«

»Nee, aber ein Mädchen«, rief er und gab lachend Fersengeld.

»Na warte«, sagte Frederike leise. »Rache ist süß.«

»Das wäre ein unfaires Scharmützel«, gab Gerta zu bedenken.

»Ach, Schwesterlein, manchmal bist du zu gut für diese Welt.« Frederike lief los und versuchte, Dawid einzuholen. Sie kamen an der Remise vorbei, in der die Kutschen, aber auch Onkel Eriks Automobil standen. Er nutzte es selten, aber war sehr empfindlich, was es anging. Einer der Burschen musste es jeden Samstag waschen und polieren, auch wenn es die Woche über nur in der Remise gestanden hatte.

Dawid war abrupt stehen geblieben, und so prallte Frederike, die versucht hatte, ihn einzuholen, fast auf ihn.

»Da ist es«, sagte Dawid leise und zeigte in die dunkle Remise. Dort war nicht nur sein Vater, sondern auch Onkel Erik. Der Verwalter war ebenfalls anwesend und auch Hans, dem der Fuhrpark unterstand, ebenso Viktor, der Stallmeister. Überhaupt fanden sich mehr und mehr Leute ein, um das technische Gerät in Augenschein zu nehmen. Keiner achtete auf die Kinder.

»Mann, das is ja mal nen Ding«, sagte Hans und beguckte sich die Maschine von allen Seiten. »Funktioniert dasn auch?«

»Klaro«, sagte Koslowski, der Schweizer, stolz. Ihm unterstand die Milchwirtschaft des Gutes. Da früher die Melker aus der Schweiz kamen, hatte sich dieser Begriff geprägt. Koslowski hatte die Schweiz jedoch noch nie gesehen. Weiter als bis zur Kurischen Nehrung war er in seinem Leben noch nie gekommen. Er nahm das Gefährt, zündete den Motor, der laut knatterte, und schwang sich auf das Rad. Wie von Zauberhand rollte er durch die Remise, ohne in die Pedalen zu treten. Dann aber tat er das doch und wurde noch schneller. Er fuhr im Kreis, im Zickzack, mal mit eigener Kraft, aber meist ohne.

»Grandios«, sagte Onkel Erik beeindruckt.

»Ei der Daus!«, rief Hans aus. »Das ja mal nen Ding. Ich jlaub, das brooch ich ooch. Da binnich ja schneller von hier nach da als der Blitz.«

»So wat musse erst mal berappen können«, sagte einer der Melker und wendete sich ab. »Is ja nich nur dat Jerät, musste ja noch Sprit koofen und all dat.«

»Jau«, sagte Koslowski. Er hatte die Maschine gestoppt und ausgestellt. »Das is man wohl wahr. Is nich janz billig, das Dingen. Aber praktisch isses.«

»Du willst es für die Arbeit nutzen?«, fragte Onkel Erik.

»Ei sicher. Wofür sonst? Meint der Jnädigste, ich will auf Tour jehen?« Koslowski lachte auf. »Muss ja immer vonnem einen Stall zum anderen, zur Käserei und so. Und die Weiden abfahren muss ich ooch.«

»Nun, da du es auch betrieblich nutzen wirst, kannst du natürlich unseren Tank nutzen.« Onkel Erik nickte ihm zu und drehte sich um. Jetzt erst sah er die Kinder. »Was macht ihr denn hier?«

»Wir wollten uns den Arschwärmer anschauen«, sagte Fritz. Seine Wangen waren rot gefärbt, und seine Augen leuchteten. »So etwas möchte ich auch. Kann ich auch eins haben, Onkel Erik? Bitte!«

»Bist du irre? Zu welchem Zweck denn? Außerdem würdest du dich mit so etwas schneller ins Schlamassel fahren, als man denken würde. Vergiss es, Fritz.« Onkel Erik seufzte auf. »Habt ihr euch schon um eure Pferde gekümmert?«

»Na, heute war ja kein Wetter, um auszureiten«, meinte Fritz.

»Müssen die Tiere nicht trotzdem versorgt werden?«, fragte Erik.

»Das machen doch die Knechte, oder nicht?«, sagte Gerta.

»Ja, aber eigentlich solltet ihr es tun«, brummte Erik und stapfte zurück zum Haus.

Fritz war inzwischen zu Dawids Vater gegangen und sah sich die Maschine an.

»Wunderschön«, sagte er. »Wie startet man sie?«

Bolek Koslowski erfreute sich an der Aufmerksamkeit

und nahm sich Zeit, Fritz und Dawid alle technischen Details zu erklären.

»Lass uns gehen«, sagte Frederike gelangweilt zu Gerta. »Das ist Jungskram.«

»Wir sollten Fritz mitnehmen.«

»Er wird nicht kommen. Wahrscheinlich träumt er jetzt schon davon, den Motor auseinanderzunehmen, um zu schauen, wie alles funktioniert.«

»Bestimmt. Das hat er ja mit seiner Dampfmaschine auch gemacht. Nur konnte er sie anschließend nicht mehr richtig zusammensetzen.« Gerta lachte leise.

»Er zerlegt alles.« Frederike überlegte. »Ich geh noch in den Stall und schau nach Dups. Ich war schon zwei Tage nicht mehr da.« Der Stall der Reit- und Kutschpferde lag hinter der Remise. Danach kamen die Milchkuhställe, und bei den Insthäusern an der Chaussee waren die Nutzviehställe – für die Schweine und die Rinder. Auf der anderen Seite des Wirtschaftshofes war das kleine Gestüt, das Onkel Erik aufbaute. Noch gab es erst ein paar Stuten, die er noch von Hengsten aus anderen Gestüten decken lassen musste. Er träumte davon, eine große Zucht zu haben – irgendwann.

»Gib Fips einen Apfel von mir«, sagte Gerta. »Mir ist es zu schrubbelich, ich will lieber wieder in die warme Küche. Vielleicht darf ich auch in den kleinen Salon zu Mutter und dort ein wenig lesen.«

Frederike ging zum Stall. Die große Schiebetür war geöffnet. Bei diesem Wetter blieben die Reit- und Kutschpferde drinnen. Im Winter, wenn der Boden gefroren war, durften sie ein paar Stunden auf die Koppel, aber bei Matschwetter durften sie nicht raus, sonst hätten sie die Grasnarbe zu sehr zerstört. Vorne an der Stallgasse stand ein

Fass mit Äpfeln. Im Winter gab es immer ein Fass voll Äpfel, die extra für die Pferde aussortiert wurden. Zum Teil war es Fallobst, aber es durfte keine braunen Stellen haben oder sonst wie matschig sein. Im Obstgarten gab es zum Glück reichlich Äpfel. Auch Möhren wurden extra für die Pferde gezogen. Dicke Futtermöhren, die holzig schmeckten und für die Küche nicht geeignet waren. Außerdem bekamen sie Rüben und altes, trockenes Brot.

Frederike nahm ein paar Äpfel aus dem Fass, ging die Stallgasse entlang und schnalzte. Dups reagierte sofort und schnaubte ihr Willkommen. Auch Fips hob ihren Kopf und nickerte. In der Stallgasse war es düster, nur eine kleine Lampe brannte. Es gab noch Petroleumleuchten, doch die musste man erst entzünden. Die Ställe waren bereits gemistet und die Pferde versorgt worden. Heute Abend würden sie noch eine Fuhre Heu bekommen, dann schloss Viktor, der Stallmeister, ab.

»Hallo«, sagte Frederike und schob die Tür zur Box auf, in der Dups stand. Sie kraulte ihr Pony an der Stirn und zwischen den Ohren und gab ihr einen der Äpfel. »Ich hoffe, es friert bald, dann können wir wieder ausreiten. In dem Matsch macht es keinen Spaß. Weder dir noch mir.« Dups schnaubte. Es schien eine Zustimmung zu sein. Frederike streichelte ihr Pony und lehnte sich an es. Dups roch so gut – nach Heu und süßlich nach Pferdeschweiß. Ihr Fell war dicht und weich, ihre Mähne kitzelte Frederike im Gesicht.

»Was machst du denn hier?«, fragte Onkel Erik, der plötzlich in der Box stand.

»Grundgütiger ...«, rief Frederike erschrocken. »Was machst *du* hier?«

»Ich war bei Caramell«, sagte Onkel Erik nachdenklich.

»Sie ist so schön. Ich möchte sie so gerne öfter reiten.«

»Eigentlich dachte ich das auch, aber jetzt bin ich mir nicht mehr so sicher.«

»Warum?«, fragte Frederike entsetzt.

»Nun, ich bin sie ein paarmal geritten. Sie scheint mir immer aufmüpfiger zu werden, man kann sie kaum noch übers Genick reiten, so wie früher. Ich werde sie nach Steinort mitnehmen, und dann werden wir sehen.«

»Du darfst sie nicht verkaufen. Sie gehört zu uns, sie gehört Mutter. Und ich schaffe es bestimmt, sie zu bändigen.«

»Das weiß ich, Kind. Aber Caramell ist nicht wie deine Dups. Caramell hat ihren eigenen Kopf.«

»Sie hat Charakter, Onkel Erik«, sagte Frederike voller Überzeugung. »Das ist etwas anderes!«

»Das stimmt. Nun, wir werden sehen.«

Frederike umarmte ihr Pony noch einmal und gab ihm einen weiteren Apfel. Nachdem sie die Tür der Box geschlossen hatte, ging sie zu Onkel Erik.

»Ich würde Caramell gerne behalten und mit ihr züchten. Aber das geht nicht, wenn wir ihr die Flausen nicht austreiben«, sagte Onkel Erik ganz in Gedanken.

»Lass es mich probieren, Onkel Erik. Ich bin mir sicher, ich bekomme das hin.«

»Ich glaube, Caramell ist im Moment noch eine Nummer zu groß für dich. Ich werde sie mir in der nächsten Zeit noch ein paarmal vornehmen. Es wäre doch gelacht, wenn wir das nicht hinbekommen«, meinte Onkel Erik. Gemeinsam gingen sie zurück zum Gutshaus. Gerade als sie die Haustür öffneten, erklang der erste Gong zum Essen.

»So spät schon«, sagte Erik überrascht. »Dann sollten wir uns sputen.«

Sie eilten die Treppen nach oben. Erik ging den Flur hinunter zum Schlafzimmer der Eltern, Frederikes Zimmer lag im anderen Flügel des Hauses.

Zum Glück hatte Leni schon warmes Wasser gebracht, der Krug stand auf dem Waschtisch. In dem kleinen Kamin glomm die Glut, der Ofen strahlte eine angenehme Wärme aus. Leni hatte ihr auch schon die Kleidung für das Abendessen herausgesucht und auf das Bett gelegt. Schnell entledigte sich Frederike ihrer Sachen, wusch sich eher flüchtig und zog sich an. Dann fuhr sie noch einmal mit dem Kamm durchs Haar und lief nach unten. Der zweite Gong war schon verklungen, und gerade öffnete Gerulis die Flügeltür zum Speisezimmer.

»Es ist angerichtet!« Er verneigte sich kurz, drehte sich dann um, um ins Anrichtezimmer zu gehen. Zusammen mit Leni servierte er die Suppe, sobald alle saßen.

»Ich möchte bitte auch einen Arschwärmer haben«, platzte Fritz heraus.

Stefanie sah ihn entsetzt an: »Bitte was?« Sie musterte ihn. »Wie siehst du eigentlich aus? Zeig mal deine Hände.«

Fritz schluckte, versteckte seine Hände unter dem Tisch.

»Sohnemann«, sagte Stefanie streng. »Ich möchte, dass du mir deine Hände zeigst.«

»Es ist Öl«, sagte er leise. »Maschinenöl. Es geht beim Waschen nicht ab, Mutter.«

»Maschinenöl? Erik, sag doch auch mal was …«

»Du hast dir das DKW ganz genau angeschaut, was, mein Junge?«, sagte Onkel Erik lächelnd. »Ja, Technik ist schon faszinierend. Das kannst du ihm nicht verwehren, Steff. Das ist der Geist der Zeit. Alles wird sich verändern, und wahrscheinlich schneller, als wir denken.«

»Ich möchte auch so ein Fahrrad mit Hilfsmotor«, sagte Fritz noch einmal voller Inbrunst. »Bitte. Oder gleich ein Motorrad …«

»Bitte?« Stefanie schaute von Fritz zu ihrem Mann und wieder zurück. »Worum geht es hier?«

»Koslowski hat sich ein Fahrrad mit Hilfsmotor gekauft«, sagte Onkel Erik und seufzte. »Es ist gerade die Sensation auf dem Gut.«

»Ein Fahrrad mit Motor?«, fragte Stefanie verblüfft.

»*Das Kleine Wunder*«, sagte Tante Edeltraut verzückt. »Fährt bergauf wie andere runter …«

»Edel?« Stefanie schüttelte den Kopf. »Sind denn hier alle verrückt geworden?«

»Das ist der Werbeslogan für das DKW – *Das Kleine Wunder*«, erklärte Tante Martha. Sie stand auf, ging in den Salon und kam mit der *Vossischen Zeitung* zurück. »Schau, das ist eine der Werbeanzeigen.« Sie gab Stefanie das Blatt.

»Soso. Und warum stellt das jetzt alles auf den Kopf? Und warum kommst du mit dreckigen Händen zu Tisch, mein Sohn?«, fragte Stefanie verärgert.

»Das ist der Gang der Zeit, Steff«, versuchte Onkel Erik sie zu beruhigen. »In zwei Tagen wird eine neue Sau durchs Dorf getrieben, und keiner denkt mehr an das Fahrrad.«

»Bekomme ich denn auch so ein Fahrrad?«, fragte Fritz wieder nach. »Bitte.«

»Ein motorisiertes Fahrrad? Du? Nein!«, sagte Stefanie entschieden. »Du würdest dir nur den Hals brechen.«

Fritz senkte enttäuscht den Kopf. »Würde ich nicht«, murmelte er.

Kapitel 5

Drei Tage später fand in Graudenz der Markt statt. Dort wurden nicht nur die üblichen Dinge feilgeboten, es war auch ein großer Tiermarkt. Der Schweizer wollte einen neuen Bullen kaufen, Hans nach einem Deckhengst schauen. Die Frauen wollten Haushaltswaren erstehen, und überhaupt gab es für jeden etwas zu gucken und zu kaufen.

»Dürfen wir mit?«, fragte Frederike.

»Nein«, sagte Stefanie entschieden. »Dieses Jahr nicht. Es gab Unruhen auf der polnischen Seite, und überhaupt weiß man nicht, wie sich die politische Lage entwickelt. Ich möchte, dass ihr hierbleibt.«

»Ich bleibe auch«, gab Tante Martha preis. »Mir ist das zu hektisch und zu laut. Also werden wir zusammen hier eine schöne Zeit verbringen.«

»Zeit?«, fragte Gerta nach. »Der Markt ist in Graudenz, ihr werdet doch nicht länger als einen Tag dort bleiben?«

»Es geht diesmal über drei Tage«, sagte Stefanie, »deshalb haben wir beschlossen, am Dienstag hinzufahren und über Nacht zu bleiben. Mittwochabend sind wir aber wieder hier.«

»Das will ich wohl hoffen«, fügte Tante Edeltraut seufzend hinzu. »Ich habe eine Liste, die reicht von hier bis China. Jeder hat irgendetwas, was wir mitbringen sollen. Die meisten Posten sind von der Mamsell und der Köchin.«

»Wieso fährt die Mamsell nicht mit und erledigt die Einkäufe für das Gut selbst?«, fragte Onkel Erik. »Dafür ist sie doch schließlich da.«

»Ach, daran habe ich gar nicht gedacht.« Stefanie stand auf. »Ich werde das sofort mit ihr besprechen. Und du hast recht, wenn wir sie mitnehmen, erspart uns das eine Menge Arbeit.«

Frederike war enttäuscht, der Markt in Graudenz war immer etwas Besonderes. Überall waren die Stände aufgebaut, und in dem tristen Grau des Novembers leuchteten die bunten Farben der Decken und Schals, die die Frauen gewebt und genäht hatten. Nicht nur Stoffe und Kleidung wurden angeboten, nein, es gab auch Haushaltswaren und Stände, an denen sich die Tische unter der Last der Marmeladen und eingeweckten Sachen bogen. An jeder Ecke standen Garstände, Tonnen, in denen Holzfeuer brannten, über denen Maronen geröstet, Kartoffeln gebacken oder Fleischspieße geschmort wurden. Die Bäuerinnen und Instfrauen nutzten den Markt, um ihre Erzeugnisse vor dem Winter feilzubieten. Es war laut, aber auch lustig und spannend, und der Duft der vielen Speisen lag wie eine köstliche Glocke über der Stadt. Frederike seufzte auf, als sie daran dachte, doch Fritz strahlte.

»Was bist du denn so fidel?«, fragte sie ihn.

»Na, überleg mal, sie sind alle weg – zwei Tage lang.«

»Nicht Fräulein Hansen. Unser Tagesablauf wird so sein wie immer, nur dass wir mit den Kleinen im Kinderzimmer essen werden.« Frederike rümpfte die Nase.

»Ach, das Fräulein, das wird auch froh sein, wenn sie nicht so viel tun muss. Eigentlich hat sie ja ein großes Herz.«

»Du führst doch was im Schilde. Was ist es?«, wollte Frederike wissen.

»Ich? Nein.« Fritz schüttelte den Kopf und grinste.

»Ich glaub dir kein Wort«, sagte Frederike.

Am übernächsten Tag wurde gepackt. Onkel Erik holte das Automobil aus der Remise. Die Koffer wurden verladen, die Wagonette fertiggemacht. Hans fuhr das Automobil, Viktor den Pferdewagen. Die Mamsell durfte bei der Herrschaft mitfahren, alle anderen mussten in der offenen Kutsche Platz nehmen.

Nach dem zweiten Frühstück ging es los. Tante Martha, Fräulein Hansen und die Kinder standen auf der Treppe und winkten, bis die Gesellschaft um die Kurve gefahren war.

»Und nun ab ins Schulzimmer«, sagte Fräulein Hansen.

»Müssen wir wirklich?«, fragte Fritz und schaute sie treuherzig an.

»Ja. Aber wenn ihr gut mitarbeitet, gebe ich euch den Nachmittag frei.«

»Dann können wir beide uns ein schönes Tässchen Kaffee gönnen. Schneider hat sicherlich auch noch Kuchen für uns«, sagte Tante Martha zufrieden.

Frederike, Fritz und Gerta gaben sich Mühe, alle Aufgaben, die ihnen die Lehrerin stellte, gewissenhaft zu bearbeiten. Als der erste Gong ertönte, sammelte die Lehrerin die Hefte ein und nickte zufrieden. »Nun gut, weil ihr so brav wart, lassen wir den Unterricht heute Nachmittag ausfallen.«

»Juhu!«, jubelte Fritz.

»Allerdings gehe ich davon aus, dass ihr keinen Unfug macht«, sagte die Lehrerin und sah jeden von ihnen streng an.

»Natürlich nicht«, meinte Frederike und warf ihrem Bruder einen warnenden Blick zu.

»Dann geht euch jetzt die Hände waschen und kämmt euch die Haare. Gleich wird es zum zweiten Mal läuten.«

»Warum sollen wir uns kämmen?«, fragte Gerta, die mit ihren Haaren auf dem Kriegsfuß stand. Nie hielt die Frisur länger als zwei Stunden. »Wir essen heute doch im Kinderzimmer.«

»Nein, da Tante Martha hiergeblieben ist, essen wir unten gemeinsam.«

Zum Mittag gab es nur eine Suppe und Kartoffeln mit Soße.

»Schneider macht heute Abend ihr ausgebackenes Hähnchen.« Fritz leckte sich über die Lippen. »Dafür könnte ich morden.«

»Brauchst du nicht«, meinte Frederike, »die Hühner sind schon tot. Die haben heute Morgen schon daran glauben müssen.«

»Was habt ihr Kinder denn heute Nachmittag vor?«, fragte Tante Martha.

»Ich werde ausreiten«, sagte Frederike. Es war kalt und trocken, der Boden fror, aber von Schnee war noch nichts zu sehen.

»Ich wollte mein Buch weiterlesen«, sagte Gerta. »Darf ich im kleinen Salon am Feuer sitzen?«

»Natürlich, Kind.«

»Ich weiß noch nicht«, murmelte Fritz. »Vielleicht bewege ich die Stute.«

»Caramell? Hat Onkel Erik dir das erlaubt?«

»An der Longe schon.«

»Pass bloß auf, die Stute ist böse«, meinte Tante Martha. »Neulich hat sie nach mir geschnappt, dabei wollte ich ihr nur einen Apfel geben.«

»Im Moment ist sie bestimmt einfach nur traurig«, sagte Frederike leise. »Schließlich muss Glumse die Wagonette ziehen, und somit ist Caramell einsam.«

»Ihre Schuld, wenn sie sich mit anderen Pferden nicht verträgt.«

Nach dem Mittagessen zog sich Tante Martha in das Gartenzimmer zurück. Im Schaukelstuhl, zugedeckt mit einer warmen Wolldecke, hielt sie ihren Mittagsschlaf. Fräulein Hansen nutzte die freie Zeit, um ein wenig spazieren zu gehen. »Die Luft ist zwar kalt, aber herrlich erfrischend.«

Frederike lief nach oben, um sich umzuziehen. Dann ging sie zum Stall und machte Dups fertig, immer wieder hielt sie dabei inne und flüsterte ihr etwas ins Ohr. Das machte sie schon so, seit sie das Pony hatte: Erlebnisse des Tages, kleine Geheimnisse – über die Jahre war es zu ihrem Vertrauten geworden.

Als sie sich endlich in den Sattel schwang, hörte sie Stimmen aus der Remise. Dawid und Fritz.

Die beiden, das war so klar wie Kloßbrühe, heckten bestimmt etwas aus. Langsam lenkte sie Dups um die Ecke bis zur Remise.

Dort stand Dawid mit dem DKW seines Vaters. Neben ihm Fritz.

»Grundgütiger«, rief Frederike. »Darfst du das?«

Erschrocken und schuldbewusst schauten die beiden Jungen sie an.

»Herr im Himmel«, rief Fritz. »Wie kannst du uns so erschrecken?«

»Es war ja klar, dass du Schmu machst.«

»Ich darf das«, sagte Dawid und streckte die Schultern. »Ich darf Fritz zeigen, wie es funktioniert.«

»Rede keinen Stuss, Dawid, das würde dein Vater niemals erlauben.«

»Doch, hat er«, behauptete auch Fritz. »Ich war dabei. Und jetzt zieh Leine, Technik ist nichts für dich.«

»Na, wenn das man nicht schiefgeht«, murmelte Frederike. Die beiden ignorierten sie.

»Schau«, erklärte Dawid, »du musst erst aufsteigen, ein paar Meter strampeln und dann den Motor einkuppeln und ordentlich Gas geben. Ich zeig es dir.«

Er stieg auf das Fahrrad, das zu groß für ihn war, trat in die Pedalen, dann versuchte er, den Motor einzukuppeln, was misslang. Das Rad machte einen Satz, und Dawid fiel im hohen Bogen zu Boden.

»Technik scheint auch nichts für euch zu sein«, lachte Frederike und wendete ihr Pferd. Dann ritt sie den Wirtschaftspfad entlang zu den Schnitterhäusern. Noch eine Weile hörte sie immer wieder das Knattern des Motors. Sie lenkte Dups auf die abgeernteten Felder, auf denen die Stoppeln jetzt morgens immer mit Raureif überzogen waren – wie mit Puderzucker bestäubt.

Die Sonne stand tief und wärmte nicht mehr, aber die Luft war herrlich klar. Der metallische Geruch von Schnee lag in der Luft, der Winter würde nicht mehr lange auf sich warten lassen. Dann würde die Natur erstarren, über alles legte sich die dicke Decke des Schnees, die auch fast alle Geräusche zu ersticken schien. Der Winter war dunkel und still, aber dennoch mochte Frederike auch diese Jahreszeit. Das Knirschen des Schnees, das Krachen, wenn die Eiszapfen vom Dach fielen. Sie liebte es, durch den Schnee zu reiten oder mit ihren Geschwistern auf dem Teich Schlittschuh zu laufen. Sie fand es schön, den Eisschneidern zuzusehen, die dicke Blöcke aus dem Eis trennten und sie auf Schlitten zum Eishaus brachten.

Sie liebte es, in der klirrenden Kälte zu sein und dann in das warme Haus zu kommen, das einen mit seinen Düften und Gerüchen willkommen zu heißen schien.

Die Winterzeit war die Zeit der Düfte – es roch nach Vanille und Zimt, nach Kardamom und Karamell. Es duftete nach Bratäpfeln und geschmolzener Butter, nach gebratener Gänsebrust und deftigem Kohl. Es gab Plätzchen und kandierte Früchte, es gab heiße Schokolade und würzigen Punsch.

Natürlich gab es auch die anderen Gerüche – die ewig nasse Wolle der Mäntel, Jacken und Strümpfe. Der herbe und leicht seifige Geruch von durchfeuchtetem Leder und dazu den des Wachses, mit dem die Schuhe bearbeitet wurden.

Je näher die Weihnachtszeit kam, umso mehr roch es nach Tannenzweigen und Ilex, mit denen Mutter die Vasen schmückte.

Es war eine aufregende und geheimnisvolle Zeit. Aber bis dahin waren es noch ein paar Wochen. Frederike spürte den kalten Wind auf ihren Wangen, sog den Duft des süßen Pferdeschweißes in sich ein, lauschte dem Hämmern der Hufe auf dem gefrorenen Boden und dem Schnauben ihres Ponys.

»Zeit, umzukehren, Dups!«, beschloss sie.

Noch einmal streckte sie die Hände nach vorn und ließ das Pony galoppieren. In der Ferne tauschten die letzten Wildgänse ihre Rufe aus, hin und wieder konnte sie auch das Trompeten der Kraniche hören. Sie waren spät dran auf ihrem Weg in den Süden.

Frederike zügelte Dups, langsam trabte sie über die Felder. Auf dem Wirtschaftsweg ritt sie ihr Pony in ruhigem Schritt trocken.

Als sie sich dem Gut näherte, hörte sie wieder das Knattern des Motors des DKW. Die Jungs hatten also noch nicht aufgegeben. Im Gegenteil, das Knattern erschien nun gleichmäßiger, das Johlen der Jungen umso lauter.

Frederike lenkte Dups vom Wirtschaftspfad auf den Hof, da kam ihr Fritz auf dem motorisierten Fahrrad entgegen. Er fuhr wackelig, aber schien sich halten zu können – jedoch hatte er offensichtlich Schwierigkeiten, das Gefährt zu lenken. Er raste genau auf Dups zu.

»Aus dem Weg, aus dem Weg!«, rief er, riss dann den Lenker herum und sauste um die Kurve. Ein langer Schrei folgte, dann erstarb der Motor, und es herrschte für einen Moment eine gespenstische Stille.

»Du lieber Himmel«, rief Frederike erschrocken, »nun hat er sich das Genick gebrochen.« Sie sprang vom Pferd und eilte um die Ecke. Dort war der große, dampfende Misthaufen, dahinter die Jauchegrube.

Fritz tauchte langsam aus der Jauchegrube auf und wischte sich mit der Hand über das Gesicht.

»Bist du verletzt?«, fragte Frederike voller Panik.

»Ich glaube nicht«, sagte er, spuckte aus und grinste. »Das war ein Höllenritt!«

»Wo ist es?«, rief Dawid, der nun auch um die Ecke geschossen kam. »Wo?«

Fritz zeigte hinter sich. Aus der Jauchegrube stiegen blubbernde Luftblasen auf.

»Menschenskind«, stöhnte Dawid auf. »Das gibt mächtig Ärger.«

»Dat kannste wohl laut sajen«, meinte Sergei, einer der Stallburschen, der nun auch dazugekommen war.

»Was machen wir denn jetzt?«, fragte Dawid, und man hörte ihm an, dass er den Tränen nah war.

»Ei, der Lorbass sollte man schnell kommen auße Grube. Dann siehste zu, dasse dich anne Brunnen saubermachst. So kannste ja nicht jehen ins Haus, wa?« Sergei lachte.

»Aber … aber … das DKW …«, jammerte Dawid nun.

»Ei, kommste nicht drum rum, musste rausziehen. Los, Fritzken, versuch mal, es anzuheben, bist ja schon schlammerich, missen wir uns nich ooch noch bekleeteren, wa? Un dann macht ihr beede dat Dingen sauber, wa?«

Dawid und Fritz rümpften die Nase, aber sie wussten, dass Sergei recht hatte.

»Und wenn nun der Motor hin ist?«, wisperte Dawid. »Mein Vater wird mich versemmeln, da werde ich mein Lebtag nicht mehr sitzen können.«

»Na, so fix is dat nie nich hin. Wir missen es trocknen und putzen, wa? Ich help euch ooch, ihr Dämlacke. Nur Schmu im Dassel, wa?«

Gemeinsam holten sie das motorisierte Fahrrad aus der Jauchegrube. Dann schlich sich Fritz zum Brunnen, zog sich aus und wusch sich. Er bibberte laut dabei.

Frederike brachte Dups in die Box, dann eilte sie ins Haus, holte heimlich alte Handtücher und Wechselkleidung für Fritz.

»Ich frag Leni, ob du gleich ein Bad nehmen darfst«, sagte sie.

»O nein, dann bekomme ich richtig Ärger.«

»Fritz, sie wird es sowieso erfahren, oder willst du deine dreckigen Sachen etwa wegschmeißen? Wirst noch viel Spaß haben, die Schuhe zu putzen.« Frederike schmunzelte. »Geschieht euch aber recht, was macht ihr auch immer für einen Unfug.«

Kapitel 6

Nein«, sagte Leni entschieden, »die Sachen kommen mir nicht ins Haus. Bring sie in die Remise und steck sie in ein Fass mit Wasser. Das stinkt ja entsetzlich. Und dann kommst du rein und gehst in die Wanne, mein Freund.« Sie klang nicht nur erbost, sie war es auch.

»Nein, das geht nicht«, sagte Fritz und zog den Kopf ein. »Ich muss doch Dawid helfen, das DKW seines Vaters wieder zu richten. Wenn der Motor hin ist, dann gnade uns Gott ...«

»Nun, es ehrt dich, dass du deinem Freund helfen willst, daran geht natürlich kein Weg vorbei. Dann musst du es stinkend tun. Aber Ärger werdet ihr so oder so bekommen.«

»Ich weiß.« Mit spitzen Fingern trug Fritz die jauchegetränkte Kleidung zur Remise. Dort stand ein Fass, in dem sehr verschmutzte Wäsche vorgeweicht wurde. Er schmiss die Sachen hinein und holte ein paar Eimer Wasser vom Brunnen.

Dawid hatte auch Wasser geholt und wusch das Fahrrad seines Vaters ab. Wortlos reichte er Fritz einen Schwamm. Das Wasser aus dem Brunnen war eiskalt, und schon bald waren ihre Finger klamm. Aber mit zusammengebissenen Zähnen machten sie weiter.

»Was ist mit dem Motor?«, fragte Fritz leise.

»Den hat Sergei schon abgebaut und in die Sattelkammer gebracht. Er wollte ihn auseinandernehmen.«

»Wenn das man nur gutgeht«, seufzte Fritz.

»Es muss, sonst sind wir beide tot.« Die beiden Jungen sahen sich an. Dann zwinkerte Dawid Fritz zu. »Es war trotzdem knorke.«

»Ich muss noch lernen, wie man lenkt«, gestand Fritz. »Das ist gar nicht so einfach, wenn der Motor läuft.«

»Du musst lernen, wie man bremst«, lachte Dawid.

»Meinst du, wir werden noch mal die Gelegenheit haben, mit dem Arschwärmer zu fahren?«

»Sicher. Falls Sergei ihn wieder zum Laufen bringt.«

Es war schon dunkel, als sie endlich fertig waren. Das Fahrrad war sauberer als zuvor, sie hatten die Kette geölt und die Pedalen nachgezogen und gefettet. Der Lenker war noch ein wenig schief, aber sie hofften, dass es nicht auffallen würde. Immer wieder waren sie in die Sattelkammer zu Sergei gegangen, um nach den Fortschritten zu sehen. Er hatte den Motor auseinandergenommen, ihn gesäubert, getrocknet, geölt und wieder zusammengebaut. Nun kam der Moment der Wahrheit. Sergei füllte etwas Benzin in den Tank und startete den Motor. Erst tat sich nichts. Er pumpte, wartete, versuchte es erneut. Ein leichtes Knattern – dann starb der Motor wieder ab. Doch beim dritten Versuch klappte es endlich.

Die drei sahen sich an und lachten erleichtert.

»Menschenskind, Sergei, du hast uns den Arsch gerettet«, sagte Fritz dankbar.

»Mein Vater darf das nie erfahren.«

»Ei, dat wird er wohl, Dammelskopp. Jeheimnisse kommen immer raus, dat weeßte doch.« Er sah sie an und wischte sich seine ölbeschmierten Hände an einem Lappen ab. »Awwer von mir erfährt er nix, da kannste sicher seen. Und jetzt bring ich'n Motor wieder an. Un ihr Lorbasse lasst die Fingerchen vons DKW, verstanden?«

»Ja!«

Fritz lief zum Haus. Er ging durch den Kücheneingang, schlich sich die Treppe hoch und lauschte. Tante Martha, Fräulein Hansen und die Mädchen waren im kleinen Salon. Im Esszimmer klapperte Gerulis schon mit dem Geschirr, gleich würde es Abendessen geben. Es duftete im ganzen Haus verführerisch nach den ausgebackenen Hähnchen, die Schneider gerade zubereitete. Fritz lief das Wasser im Mund zusammen. Rasch warf er noch einen Blick um die Ecke und lief dann schnell die Treppe nach oben in den ersten Stock. Dort kam ihm Leni entgegen.

»Ich habe den Badeofen anheizen lassen. Du gehst jetzt in die Wanne. Und du wäschst dich mindestens zweimal – auch die Haare und hinter den Ohren. Du nimmst viel Seife – die grüne, ich habe sie dir schon hingestellt. Und du wirst die Wurzelbürste benutzen. Gründlich. Ich werde das kontrollieren.« Dass dies keine leere Drohung war, zeigte ihr Gesichtsausdruck. »Und dann gehst du zu Bett.«

»Aber … aber es gibt heute Schneiders Hähnchen …«, sagte Fritz entsetzt.

»Du wirst nicht verhungern, dafür werde ich sorgen.«

»Und Fräulein Hansen? Tante Martha?«

»Nun, immer wenn es … sagen wir … schwierige Situationen gibt, muss man so nahe an der Wahrheit bleiben wie möglich. Ich werde ihnen sagen, dass du in die Jauchegrube gefallen bist. Als du mit Dawid zusammen Fahrrad auf dem Hof fuhrst. Was für ein Fahrrad das war, werde ich nicht sagen.«

»Danke, Leni!« Er wollte das Mädchen, das schon vor seiner Geburt bei seiner Familie gewesen war, umarmen, doch Leni wich zurück.

»Bist du des Teufels, du kleines Stinktier?«, rief sie. »Ab ins Bad mit dir. Nun aber flott.«

»In die Jauchegrube?«, fragte Tante Martha entsetzt. »Hat er sich etwas getan?«

»Er ist ziemlich dreckig geworden«, sagte Frederike mit ein wenig Schadenfreude.

»Aber wie konnte das passieren?«

»Sie sind Rad gefahren – über den Hof. Ich glaube, da war eine vereiste Pfütze«, sagte Frederike. »Aber so genau weiß ich es nicht.«

»Ich habe den ganzen Nachmittag Knattern vom Hof gehört«, sagte Fräulein Hansen nachdenklich. »Motoren- geräusche.«

Sie wittert den Braten, dachte Frederike nervös. »Sergei hat an dem DKW gebastelt, glaub ich.« Ganz gelogen war das ja nicht. Leni hatte sie in ihre Taktik eingeweiht.

»Soso«, sagte Fräulein Hansen. »Dennoch werde ich gleich einmal nach meinem Schützling schauen. Bei dem Wetter – es ist ja ziemlich kalt –, nicht, dass er sich einen Pips geholt hat.«

»Er hat sich wirklich draußen am Brunnen gewaschen?«, fragte Gerta nach. Sie hatte von allem nichts mitbekom- men, war ganz in ihr Buch vertieft gewesen.

»Er musste … er stank ja wie ein Otter – oder wie der alte Eber, den Onkel Erik neulich geschossen hat. Grauenvoll.«

»Aber heute war es sowieso sehr unruhig auf dem Hof«, stellte Tante Martha fest. »Oder meine ich das nur, weil es im Haus so ruhig war?«

»Nein, ich habe auch Lärm aus dem Stall gehört. Was war da los, Freddy?«, fragte Fräulein Hansen.

»Caramell hatte mal wieder einen ihrer schlechten Tage. Stanis hat sie schließlich auf die Weide gebracht, da konn- te sie sich austoben.«

»Das Pferd ist ein Teufel, Erik sollte es verkaufen, bevor noch etwas passiert.«

»Nein, Tante Martha, wir müssen Caramell behalten«, sagte Frederike. Aber ihre Nenntante hatte natürlich recht – Caramell war ein schwieriges Pferd, und sie schien immer launischer zu werden. Ab morgen, nahm sich Frederike vor, beschäftige ich mich mit ihr. Es sollte doch mit dem Teufel zugehen, wenn sie das Tier nicht gezähmt bekäme. Schließlich war Caramell auch eine von Weidenfels, so wie Frederike. Vielleicht fehlte ihr nur ein wenig mehr Aufmerksamkeit und Zuneigung.

»Morgen gibt es keine Andacht.« Tante Martha hatte kurz überlegt, den Plan dann aber wieder verworfen. »Wir sind alle gottgefällig, und ein Tag ohne Andacht wird die Moral schon nicht untergraben«, sagte sie. »Zumal ja auch die Mamsell nicht da ist.«

»Wie wird das dann mit dem Frühstück?«, fragte Fräulein Hansen.

»Ich spreche mit Schneider, wir werden eine Lösung finden.« Martha räusperte sich. Die Verantwortung für das Gut hatte sie noch nie getragen. Manchmal waren Stefanie und Onkel Erik gefahren, aber Edeltraut war hiergeblieben. Und Edeltraut hatte sehr viel mehr Erfahrung mit der Führung des Gutes als Martha. Sie fühlte sich offensichtlich gerade etwas überfordert.

»Leni, ruf doch bitte Schneider nach oben.«

»Hats etwa nich jejankert?«, fragte die Köchin, als sie in das Esszimmer kam. Sie stemmte angriffslustig ihre Fäuste in die Hüften.

»O doch, Schneider, das Essen war vorzüglich«, sagte Martha und wurde rot. Eine überreife Tomate, kurz vor dem Platzen. »Es geht um morgen ...«

»Erbarmung, hab ich was verpasst? Is morjen eine besondere Tach?«

»Nein. Da ich ja nun dem Haushalt vorstehe, habe ich beschlossen, dass wir anders verfahren als sonst.«

»Ei, dat macht mich janz fisslich, wasn los?«

»Liebste Schneider«, sagte Frederike beschwichtigend. »Es geht nur um den morgigen Tagesablauf.«

»Erbarmung, machen wir dat nich so wie immer?«

»Nein, ich werde keine Andacht abhalten«, schnaufte Martha nun.

»Ach so. Na, denn nich.« Schneider lächelte. »Is nie nich schlimm, schaffen wir ooch ohne.«

»Aber wie ist das dann mit dem Frühstück?«, fragte Martha nun wieder verzagt.

»Oh, dat isset. Na, darum missen wir keene Fransen quatschen. Ei, dat machen wir so wie inne Ferien, wa? Ich werd jejen acht alles vorbereten un warmstellen. Kann sich nehmen jeder, wie er will, wa?«

»Das ist ausgezeichnet, Schneider«, sagte Martha erleichtert.

»Ei, un zum Mittach jebett nen Sippchen, un zum Abend, wennse alle wieder da sind, mach ich ordentlich Jankereien. Hab da noch nen Reh abhingen, vonne Jagd letztens.«

»Wunderbar. So machen wir das.« Martha nickte, so dass die Löckchen auf ihrem Kopf tanzten.

»Also können wir ausschlafen?«, fragte Gerta zur Sicherheit noch einmal nach.

»Ja, das könnt ihr. Der Unterricht beginnt aber wie immer um neun Uhr«, sagte Fräulein Hansen und legte ihre Serviette neben den Teller. »Ich verabschiede mich dann zur Nacht.«

»Nun«, sagte Martha und räusperte sich. »Wollen wir nicht noch ein Gläschen Likör im kleinen Salon trinken? Dabei könnten wir auch das Grammophon anmachen und etwas Musik hören. Was meinen Sie, Fräulein Hansen?«

»Das klingt ... bezaubernd.« Die Lehrerin lächelte, wandte sich dann Frederike und Gerta zu. »Ihr geht jetzt zu Bett. Ich werde noch nach Fritz schauen«, sagte sie, »und dann komme ich wieder.«

»Famos!« Martha lächelte begeistert. »Wir werden uns einen richtig schönen Abend machen.«

Frederike folgte Fräulein Hansen nach oben, die zielsicher Fritz' Zimmer ansteuerte, kurz klopfte und dann eintrat. Leider schloss sie die Tür sofort hinter sich, so dass Frederike bis auf Stimmengemurmel nichts hören konnte. Enttäuscht ging sie in ihr Zimmer und machte sich bettfertig.

Am nächsten Tag erwachte sie früh. Es war die Macht der Gewohnheit. Normalerweise kam eins der Mädchen mit einem Krug warmem Wasser in das Zimmer, zog die Vorhänge zurück und öffnete, nach Wetterlage, die Fenster. An diesem Morgen schien das Haus noch zu schlafen, als Frederike wach wurde. Sie schaute auf die Uhr auf ihrer Kommode, es war schon sieben. Erschrocken sprang sie auf, dann fiel ihr ein, dass es ja keine Morgenandacht gab. Wird es auch kein Waschwasser geben?, fragte sich Frederike irritiert, doch dann hörte sie das Klappern der Eimer und Kannen. Ein Bursche musste jeden Morgen die Eimer der Torfklos auswechseln, davon gab es drei im Haus. Er nahm den benutzten Zinkeimer mit und stellte einen frischen auf. Währenddessen brachten die Mädchen warmes Wasser zum Waschen. Im Badezimmer gab es den Ofen, er wurde früh am Morgen, wenn die Mädchen die Öfen in den Zimmern anheizten, auch befeuert. Und von dort holten sie sich dann das warme Wasser, um es auf die Zimmer zu bringen. Gewöhnlich passierte dies eine Stunde früher. Frederike musste nicht lange warten, da klopfte es, und Inge, eins der Mädchen, brachte das Waschwasser und nahm den Nachttopf, der unter dem Bett stand, mit. Vorher zog sie noch die Vorhänge zurück, öffnete aber nicht die Fenster.

»Es hat heute Nacht gefroren«, sagte sie. »Vielleicht können Comtess die Fenster öffnen, bevor Sie hinuntergeht.«

»Das mach ich. Danke, Inge.«

Es war ungewohnt, so zum Frühstück zu gehen. Die Routine fehlte. Statt eines Brotes mit Marmelade und Wurst zum ersten Frühstück und Rührei und Speck mit einer weiteren Scheibe Brot zum zweiten Frühstück gab es nun Wärmeplatten mit Rührei, Speck und Würstchen. Brot, Butter, Aufschnitt und Marmelade standen daneben. Jeder konnte sich nehmen, was und so viel er wollte.

Fritz nutzte das schamlos aus und schaufelte sich den Teller voll. Tante Martha und Fräulein Hansen waren noch nicht erschienen.

»Das ist nicht dein Ernst«, tadelte Frederike ihren Bruder. »Oder verhungerst du etwa?«

»Bisher nicht.« Fritz schmunzelte und kniff ein Auge zu. »Wenn es nach mir geht, wird es auch nicht dazu kommen.«

»Hast du gestern Abend etwa nichts zu essen bekommen?«

»Doch. Schneiders köstliche Hähnchen. Ein Traum. Dazu Kartoffelpüree und süße Möhren, Bohnen mit Speck und ein wenig von ihrem herrlichen Schmorkohl.«

»Noch findest du ihn herrlich, am Ende des Winters wirst du ihn hassen.«

»Mag sein«, sagte Fritz nachdenklich und schaute zu den Marmeladentöpfen.

»Du wirst doch nicht noch mehr nehmen?«, fragte Frederike entsetzt. »Andere wollen doch auch noch etwas essen.«

»Tante Martha isst nie viel, und außerdem hat Schneider bestimmt noch mehr«, sagte Fritz, setzte sich und begann, das reichhaltige Mahl in sich hineinzuschaufeln.

»Bist du auf der Flucht?«, fragte Frederike. »Wir haben noch gut eine Stunde, bis der Unterricht anfängt.«

»Die Zeit möchte ich nutzen«, sagte Fritz. »Ich will zu Dawid.«

»Aber du wirst das DKW nicht mehr anrühren.«

»Das lass mal meine Sorge sein.«

»Fritz!«, empörte sich Frederike, doch ihr Bruder lachte nur leise. Er aß sein Frühstück und nahm die restliche Soße noch mit einem Stück Brot auf. Nachdem er fertig war, sah der Teller fast gespült aus, und man hätte ihn ohne weiteres zurück auf die Anrichte stellen können. Schnell ging Fritz, zog sich Stiefel und Jacke an und verließ das Haus in Richtung Remise.

⚜ ⚜

»Gestern habe ich gedacht, das wird toll – keine Andacht, in Ruhe ausgiebig frühstücken«, sagte Gerta und nahm sich noch eine Scheibe von dem süßen Weißbrot, das erst heute Morgen aus dem Ofen gekommen und noch warm war. »Aber jetzt erscheint es mir seltsam. Mir fehlen Mutter und Tante Edel.«

»Ja«, sagte Frederike, »ich weiß, was du meinst. Irgendwie wirkt alles so leer.«

Sie hörten Schritte im Flur, Martha betrat das Esszimmer. »Guten Morgen, Kinder«, sagte sie fröhlich. »Hach, was für ein Angebot. Man muss Schneider wirklich loben.«

»Es ist nicht mehr viel Rührei da«, sagte Frederike. »Fritz hat sich darüber hergemacht.«

»Das macht nichts. Fritz ist noch im Wachstum. Und ich kann mir ja ein gekochtes Ei nehmen.«

Es klopfte.

»Ja?«, fragte Martha. Leni betrat den Raum.

»Entschuldigen Sie, Gnädigste. Fräulein Hansen lässt sich entschuldigen, sie fühlt sich nicht wohl.«

»Oh. Müssen wir den Arzt rufen?«, fragte Martha verwirrt. »Ach, warum sind denn Stefanie und Edel nicht da?«

»Ich glaube nicht, dass der Arzt nötig ist. Sie scheint sich nur etwas den Magen verdorben zu haben.«

»Ja, aber woran denn?« Martha schüttelte den Kopf. »Ich werde gleich nach ihr sehen.«

Gerta schmunzelte. »Dann haben wir heute ja gar keinen Unterricht«, sagte sie vergnügt.

»Das … stimmt«, sagte Martha und räusperte sich. »Vermutlich sollte ich mir eine Aufgabe für euch ausdenken.«

»Ach, Tante Martha, es ist doch wahrscheinlich nur ein Tag. Und nachher kommen Vater, Mutter und Tante Edeltraut wieder – dann wird alles seinen gewohnten Gang gehen.«

»Wie recht du hast, mein Kind.« Doch man merkte Martha an, dass sie sich in dieser Situation nicht ganz wohl fühlte.

Frederike stand auf und ging zur Tür.

»Wo gehst du hin?«

»Ich wollte in den Stall, Tante Martha, und nach Dups sehen.«

»Zieh dich warm an, es hat gefroren heute Nacht.«

»Selbstverständlich.«

Frederike lief zum Stall. Aus der Küche hatte sie sich ein paar Kanten trockenes Brot mitgebracht. Tatsächlich war die Temperatur um etliche Grad gefallen. Gestern hatte der Raureif die Gräser und Büsche umschmeichelt, heute hatte der Frost sein eisiges Kleid über sie gelegt. Der dampfende Atem vor ihrem Mund gefror zu einer Wolke, und unter den Stiefeln knirschte der Boden.

Schon vor der Remise hörte sie Fritz und Dawid diskutieren. Sie hörte die Stimmen, die durch das Gebäude hallten, konnte aber nicht verstehen, was sie sagten.

Die hecken bestimmt wieder etwas aus, dachte Frederike. Dabei sollte Dawid eigentlich in der Dorfschule sein, aber damit hielt er es nicht immer so genau, und da sein Vater nicht da war, würde er vermutlich damit durchkommen. Im Hause Koslowski gab es noch acht weitere Kinder – Dawid war der Älteste. Seine Mutter hatte sicher andere Dinge im Kopf, als darauf zu achten, was Dawid tat.

Frederike ging weiter, und ihre Befürchtungen erfüllten sich. Natürlich standen die beiden Jungen wieder am DKW. Sie diskutierten heftig.

»Und wenn du noch einmal in die Jauchegrube fährst? Ich werde das DKW nicht noch einmal putzen. Meine Mutter hat geschimpft gestern Abend, und ich musste mich im Hof waschen. Es war arschkalt«, sagte Dawid. »Es ist noch nicht Samstag, und vorher darf ich nicht baden, du Schmock.«

»Verdammt, natürlich«, sagte Fritz betreten. »Warum habe ich nicht daran gedacht, du hättest bei uns baden können.«

»Ernsthaft?«

»Ja, natürlich. Wir haben doch einen Badeofen.«

»Ihr seid aber die Herrschaften. Da kann ich doch nicht einfach baden«, sagte Dawid leise. »Ich stinke immer noch nach Jauche, der Geruch scheint in den Poren zu sitzen.«

»Dann badest du heute Mittag, ich werde dafür sorgen.«

»Wie willst du das machen?«, fragte Frederike und stemmte die Hände in die Hüften. »Willst du Leni sagen, dass sie den Badeofen befüllen und anheizen soll? Du hast doch 'ne Meise unterm Pony.«

»Meinst du, ich bin zu doof, um den ollen Badeofen selbst zu beheizen? Muss ja keiner mitkriegen.«

»Und ob das jemand mitbekommen wird, die sind ja nicht blind oder taub.«

»Wenn ich beschließe, dass mein bester Freund baden darf, dann ist das so«, sagte Fritz und streckte die Brust heraus und das Kinn vor.

»Willst du jetzt einen auf Herrschaft machen? Dicken Arsch in der Hose? Ach, Fritz, das funktioniert nicht, und das weißt du auch.« Sie sah Dawid an, der betreten zu Boden schaute. »Es gibt sicher eine Möglichkeit, Dawid. Du sollst ja nicht für die Dummheiten meines Bruders büßen müssen.«

»Jetzt werd mal nicht frech«, plusterte sich Fritz auf.

»Pass du bloß auf, dass du nicht noch mal in die Jauche fällst.«

»Ja, ja«, murrte Fritz. »Und jetzt lass uns allein.«

»Was habt ihr denn vor?«

»Das geht dich gar nichts an. Verschwinde.«

Frederike zuckte mit den Schultern, sie würde Fritz nicht davon abhalten können, Unsinn zu machen. Aber die Suppe würde er dann alleine auslöffeln müssen.

Sie ging weiter zum Stall und nahm sich ein paar der Äpfel aus dem Fass. Dups nickerte schon, als sie Frederike hörte. Frederike ging in ihre Box, kraulte sie an der Stirn und gab ihr einen Apfel und einen Kanten Brot.

»Nachher«, flüsterte sie ihrem Pony zu, »reiten wir aus. Versprochen.«

Dann ging sie weiter bis zum Ende des Ganges. In der

letzten Box stand Caramell und schnaubte, die Ohren angelegt; sie scharrte nervös mit dem rechten Vorderhuf.

»Hallo, Caramell«, sagte Frederike und reichte ihr einen Apfel durch die Gitterstäbe. Die Stute schnaubte, die Ohren blieben angelegt, doch Frederike ließ sich nicht beirren – ruhig hielt sie den Apfel auf der flachen Hand. Langsam stellte die Stute die Ohren auf, sie kräuselte die Lippen und näherte sich dem Apfel. Ganz vorsichtig nahm sie ihn von Frederikes Hand.

»Na siehst du«, flüsterte Frederike, »das war doch gar nicht so schwer. Du bist doch eigentlich eine Liebe, eine Schöne«, murmelte sie. Caramell schnaubte leise, der warme Atem strich Frederike über die Wangen. Dann nahm sie einen Kanten Brot und hielt ihn der Stute hin. Diesmal dauerte es nicht so lange, bis die Stute die Gabe annahm. Auch das nächste Stück nahm sie. Sie stand entspannt, das linke Hinterbein leicht angewinkelt. Nun öffnete Frederike langsam die Tür der Box. Erst blieb sie im Eingang stehen, dann ging sie einen Schritt nach dem anderen auf Caramell zu. Erst zuckten die Ohren des Tieres, die Augen öffneten sich weiter, es hob den Kopf. Frederike blieb stehen, bis sich Caramell wieder beruhigt hatte. Schließlich stand sie neben ihr und klopfte ihr auf den Hals. Dann kraulte sie vorsichtig unter ihrer Mähne. Die Stute entspannte sich sichtlich. »Fein«, lobte Frederike. »Heute Nachmittag komme ich wieder«, sagte sie, bevor sie ging.

»Warum machst du das?«, fragte Gerta. Frederike drehte sich erschrocken um. Sie hatte ihre Schwester nicht kommen hören.

»Seit wann bist du da?«

»Schon eine ganze Weile. Ich habe dich beobachtet, wollte dich aber nicht stören.«

»Ich versuche, Caramells Vertrauen zu gewinnen. Sie ist ja nur etwas nervös.«

»Meinst du, das klappt?«

»Einen Versuch ist es wert. Ich möchte nicht, dass Onkel Erik sie verkauft. Sie ist eins der schönsten Pferde in unserem Stall, und wenn sie ausgeglichen ist, ist ihr Gang traumhaft.«

»Ja, aber sie ist zu wenig geritten worden.«

»Und das will ich ändern«, sagte Frederike. »Ich werde aber nicht gleich mit ihr ins Gelände gehen, bin ja nicht so blöd wie Fritz.«

Gerta lachte. Plötzlich ertönte ein ohrenbetäubendes Knattern und Rattern aus der Remise.

»Grundgütiger, da fliegt etwas in die Luft«, rief Frederike. Beide Mädchen rannten nach draußen und zur Remise.

In der Remise, ein großes und hohes Gebäude mit drei Scheunentoren, war unter dem Spitzboden eine Holzdecke eingezogen worden. Eine Treppe führte nach oben. Dort wurde allerlei gelagert – alte Reifen, Speichen, Holz und Ersatzteile. Den Mädchen kam schon am Tor Qualm entgegen.

»Es brennt!«, rief Frederike. Sie lief in die Remise, der Höllenlärm war kaum noch zu ertragen, und er kam vom Spitzboden, wie auch der Qualm. Frederike zog sich den Schal vor den Mund und lief nach oben. Dort blieb sie verblüfft stehen.

Der Qualm kam vom Motor des DKW, auf dem Dawid über den Dachboden sauste.

»Seid ihr verrückt geworden?«, schimpfte Frederike.

Nun kam auch Sergei und mit ihm der Vorarbeiter Gregor. Dawid schaffte es gerade so, zu bremsen, wackelig blieb das Fahrrad stehen.

»Erbarmung!«, rief Sergei. »Nu sindse janz bekloppt jeworden, de Bengels.«

»Sach ma«, rief nun auch Gregor, »wollt ihr euch abmurksen?« Er wedelte den Qualm weg. »Wie kann man nur so dammelsköppig sein? Is 'ne Scheune, nen Boden, keene Rennstrecke.«

»Na, aber wir dachten, hier oben könnten wir gut üben«, versuchte Fritz zu erklären.

»Jau«, sagte Sergei, »hier sin keen Misthoofen un keene Jauchejrube, wa? Bekloppt seid ihr, alle beede. Un wie isses nach oben jekommen, dat DKW?«

»Na, wir haben es natürlich getragen«, sagte Dawid. Er warf Fritz einen Blick zu. »Denn hier oben haben wir Platz, ohne dass Fritz wieder in die Jauchegrube fahren kann.«

»Deen Vadder wird dich janz schön eine linsen, un verdient hasses ooch!«

»Er muss es doch gar nicht erfahren«, sagte Dawid und senkte zerknirscht den Kopf.

Sergei brummelte etwas in seinen Bart, Gregor strich sich über sein Kinn.

»Ihr Labommels, nee, det kinnt ihr ablunkern mir nich, datt ichs nich saje«, meinte Gregor.

»Ei«, meinte Sergei, »ham ooch viel Scheeße jebaut, alswe warn in Alter vonne Lorbasse, nich?«

Gregor schmunzelte. »Jau. Weeste noch, alswe den Rollwajen gemopst ham, um zude Kirmes zu fahren? Au Mann, da hat jejeben Keile.«

Sergei lachte leise. Die beiden kletterten die Treppe wieder hinunter.

»Seht zu, datte die Maschine brinjst nach unten, wa? Un nu lasst ihr de Fingerchen davon, nicht?«

»Ich hoffe, ihr hört darauf«, sagte Frederike und folgte den beiden Männern.

»Wirst uns nicht verpetzen, Freddy, oder?«, fragte Fritz verzagt.

»Weiß ich noch nicht«, meinte sie und verkniff sich ein Lachen.

Zum Mittag gab es Schwarzsauer, Blutsuppe. Normalerweise war dies eins von Fritz' Lieblingsgerichten, aber heute stocherte er nur darin herum.

»Wirst du krank?«, fragte Tante Martha besorgt. »Hast du dir gestern doch einen Pips geholt?«

»Oder hast du dich bei Fräulein Hansen angesteckt?«, mutmaßte Gerta, obwohl sie wusste, was hinter Fritz' Laune steckte – er hatte Angst, dass sie ordentlich Ärger bekommen würden.

»Na, angesteckt haben kann er sich nicht«, murmelte Martha.

»Wieso?«, wollte Frederike wissen.

Martha lief rot an. »Es ist ein ... Frauenleiden, was eure Lehrerin plagt.«

Frederike biss sich amüsiert auf die Lippe. »Na, dann kann das wirklich nicht sein.«

Fritz warf ihr einen bösen Blick zu.

Immer wieder hoben alle lauschend den Kopf, sie warteten auf die Rückkehr der Familie.

»Was habt ihr heute Nachmittag geplant?«, fragte Martha.

»Ich muss noch für Mathe üben«, sagte Fritz.

»Ich glaube, du wirst doch krank.« Martha stand auf und legte ihm die Hand auf die Stirn. »Du gefällst mir gar nicht. Vielleicht solltest du ins Bett gehen?«

»Nein, mir geht es gut. Und ich will nicht ins Bett, ich will doch sehen, was sie alles mitbringen. Hans wollte nach Pferden gucken und Viktor nach einem Bullen.«

»Vielleicht bringt Mutter uns ja etwas Süßes mit«, sagte Gerta träumerisch.

»Oder neue Anziehsachen«, meinte Frederike.

»So kurz vor Weihnachten werdet ihr sicher nichts außer der Reihe bekommen.« Tante Martha lächelte. »Ich zieh mich jetzt ins Gartenzimmer zurück. Seid weiter so artig.«

Frederike und Gerta schauten Fritz an. Sie lachten erst, als die Tür sich hinter Martha geschlossen hatte.

»Ihr verpetzt mich doch nicht?«, fragte Fritz kleinlaut.

»Du hättest es verdient, dass Onkel Erik dich ordentlich abkanzelt. Du und Dawid – immer macht ihr Fisimatenten. Irgendwann werdet ihr damit gewaltig auf die Schnauze fallen.«

»Oder in die Jauche«, feixte Gerta. »Och, das bist du ja schon …«

»Mann, Mann, Mann«, seufzte Fritz. »Ihr könnt echt fies sein. Ich werde es mir merken.«

»Apropos Jauche«, sagte Frederike. »Wir müssen dafür sorgen, dass Dawid baden kann. Er tut mir echt leid, so miefig durch die Gegend laufen zu müssen.«

»Soll ich den Badeofen anmachen?«, fragte Fritz.

Frederike überlegte. »Traust du dir das zu?«

»Natürlich!«, sagte Fritz voller Überzeugung. »Was Leni und Inge können, kann ich schon lange.«

»Dann mach mal.«

»Warum fragen wir nicht Leni?«, wollte Gerta wissen.

»Leni hat genug zu tun. Sie muss nicht auch noch Fritz' und Dawids Abenteuer mit Mehrarbeit ausbaden.«

Fritz ging nach oben. Frederike zog sich Jacke und Stiefel an und suchte Dawid. Sie fand ihn im Stall, wo er beim Ausmisten half.

»Machst du gute Miene zum bösen Spiel und versuchst alle auf deine Seite zu ziehen?«, neckte sie ihn.

Dawid sah sie betreten an. »Weißt doch, wie das ist, oder?«, sagte er. »Wenn mein Vater böse ist, bekomme ich eine ordentliche Abreibung.«

Frederike runzelte die Stirn. Tatsächlich wusste sie nicht, wie das war. Onkel Erik und Mutter verteilten schon mal Ohrfeigen, auch einen Klaps auf den Allerwertesten gab es, aber richtig verprügelt worden war keiner von ihnen bisher. Sie hatte allerdings mitbekommen, dass die Kinder der Instmänner deutlich mehr zu tragen hatten als sie.

»Komm mit«, sagte sie zu Dawid. »Du darfst bei uns baden. Kein Vollbad – aber zwei Handbreit werden wohl gehen.«

»Wirklich?« Er sah sie mit großen Augen an. »In eurem Badezimmer?«

»Na sicher.« Frederike nahm seine Hand und zog ihn mit sich. Bestimmt, dachte sie, kann ich Schneider auch noch ein paar Leckereien abschwatzen. Dawid tat ihr plötzlich leid.

»Ich habe bisher nur in unserer Zinkwanne gebadet«, erzählte Dawid. »Die wird jeden Samstag gefüllt. Erst geht Vater baden, er braucht lange, und natürlich ist er immer dreckig, auch wenn er sich jeden Morgen wäscht. Aber, na ja, er arbeitet auch schwer. Und dann darf ich in die Wanne. Danach tauscht Mutter einen Teil des Wassers aus – drei Eimer in den Hof, drei Eimer heißes Wasser in die Zinkwanne.«

»Wo steht die Wanne? Habt ihr ein Badezimmer?« Frederike schämte sich, dass sie nicht genau wusste, wie die Instmänner und ihre Kinder lebten.

»Ein Badezimmer?« Dawid blieb stehen, entzog seine Hand ihrer, sah sie an und lachte bitter auf. »Nein, so etwas haben wir nicht. Die Zinkwanne kommt samstags in die Küche. Und da baden wir, einer nach dem anderen.

Und wir haben im Hof den Donnerbalken und im Haus den Torfeimer.«

»Torfeimer haben wir auch«, sagte Frederike. »Es gibt bisher ein Wasserklosett im Haus, aber es funktioniert nicht, und Onkel Erik hat es abgesperrt.«

»Wirklich?«, fragte Dawid ungläubig.

»Wirklich. Ich habe in meinem Zimmer einen Nachttopf. Und natürlich eine Waschschüssel. Mir bringt jeden Morgen eins der Mädchen warmes Wasser, das wird bei euch nicht so sein, aber auch wir dürfen nicht jeden Tag baden.«

»Nicht?«

»Nein, natürlich nicht. Der Badeofen muss immer extra angeheizt werden. Und das ist viel Arbeit.«

»Und ich dachte …« Dawid schüttelte den Kopf.

»Ja, ja«, sagte Frederike. »Die Herrschaften. So ist es aber nicht. Oder wäre sonst Fritz dein bester Freund?«

»Na, da haste recht.« Dawid nickte und nahm wieder ihre Hand. »Und jetzt hätte ich gerne mein Bad«, sagte er lachend.

Dawid bekam sein Bad. Er genoss es sichtlich. Danach nutzte Fritz das nun nur noch lauwarme Wasser, um sich zu reinigen. Nachdem er den Badeofen angezündet hatte, was geraume Zeit beanspruchte, bis es von Erfolg gekrönt war, sah er aus wie der Schornsteinfeger.

Danach schlichen sich die beiden, versehen mit frischer Kleidung, in die Küche.

»Ei«, sagte Schneider lachend, »jankerts euch nach nem Leckerchen, ihr Lorbasse?«

»Da sagen wir nicht nein«, meinte Fritz.

»Ei, dann setzt euch mal. Ich will schauen, wattwe denn haben. Findet sich sicher wat.«

»Es riecht immer so köstlich in Ihrer Küche, Frau Schneider«, schwärmte Dawid.

Die Köchin warf ihm einen amüsierten Blick zu. »Ei, kannst den Schlodder uffwischen, Jungchen, kriegst doch eh wat, musst nich noch liejen.«

»Aber ich lüg doch nicht. Ist die reinste Wahrheit.«

»Was gibt es denn heute Abend?«, wollte Fritz wissen, dem auch schon das Wasser im Mund zusammenlief.

»Erbarmung, wat hattet zu Mittag denn jejeben?«, fragte die Köchin.

»Schwarzsauer.«

»Un nu, wat is Schwarzsauer?«

»Blutsuppe mit Geflügelinnereien.«

»Ei, feen, weeßte Bescheed, nich? Heut Abend jibbet Weißsauer und jebratene Entenbrust. Dazu Keilchen und Rotkraut.«

»Es gab Schwarzsauer?« Dawid leckte sich über die Lippen. »Ich liebe Schwarzsauer.«

»Ei, hab noch wat. Willste?«

Dawid nickte.

»Un du, Bowke?«, fragte Schneider Fritz.

»Ich auch. Ihr Schwarzsauer ist das Beste der Welt.«

»Erbarmung, scheen isset, wenn ich kann machen euch jeicklich so schnell«, lachte die Köchin.

Frederike war ein weiteres Mal zum Stall gegangen. Die winterliche Sonne hatte den Nebel aufgelöst, aber ihre Kraft reichte nicht mehr, um die vereisten Pfützen aufzutauen. Bald würde es schneien, der kalte Wind kam aus dem Osten.

Als Frederike in den Stall kam, zog sie Handschuhe und

Mütze aus und lockerte den Schal. Hier drinnen war es leidlich warm und roch süß nach Heu und Pferden. Sie ging zu Dups, die schon aufgeregt mit den Hufen scharrte. Frederike legte ihr ein Halfter an und band den Strick an einem der Ringe in der Stallgasse fest. Dann holte sie das Putzzeug. Auf dem Weg zur Sattelkammer ging sie bei Caramell vorbei. Diesmal legte die Stute nicht die Ohren an. Frederike gab ihr wieder einen Apfel.

»Erst Dups, dann du«, sagte sie.

In der Sattelkammer saß einer der Stallburschen und säuberte Trensen. Er nickte Frederike zu.

»Willste ausreiten?«, fragte er.

»Ich will Dups ein wenig bewegen, sonst wird sie ja noch dicker.« Frederike schmunzelte.

»Habse noch nich jeputzt«, sagte er. »Hab mich jedacht, datte das selwer wirst tun.«

»Mach ich«, sagte Frederike. Dann stockte sie. »Und Caramell?«

»Die olle Stute? Nee, die is ooch noch nich jeputzt. Ei, macht keener jerne. Is sonne olle Klunker, jeht keener jerne inne Box.«

»Wird sie nicht geputzt?«

Der Stallbursche schüttelte den Kopf. »Nee nich. Sollte se, awwer …« Er seufzte.

Frederike runzelte die Stirn. Die Burschen waren für die Pferde verantwortlich und auch dafür, dass sie geputzt und bewegt wurden. Natürlich musste man kein Pferd jeden Tag von oben bis unten putzen, aber als Frederike nun zurück zu Dups ging, warf sie wieder einen Blick in Caramells Box. Jetzt fiel ihr auf, dass das Fell der Stute stumpf, die Mähne verknotet war. Ja, dies war ein sehr eigenwilliges Tier, aber das, dachte Frederike, ist kein Grund, sich nicht um sie zu kümmern.

Bedrückt ging sie zu Dups, striegelte den Rücken, kämmte Schweif und Mähne und kratzte die Hufe aus, so, wie sie es gelernt hatte. Dann sattelte sie das Pony und ritt auf den Platz. Ins Gelände wollte sie heute nicht gehen.

Eine Stunde lang übte sie mit Dups die verschiedenen Gangarten und sprang ein bisschen über die zwei Baumstämme, die zu dem Zweck dort lagen. Dann führte sie Dups wieder zurück. Vor dem Stall blieb Frederike stehen.

»Ach, was soll es«, sagte sie, stieg wieder auf und wendete das Pony. »Komm, wir galoppieren einmal den Wirtschaftsweg hoch und runter.« Und das taten sie dann auch. Es war pure Freude.

Anschließend ritt Frederike Dups langsam trocken und brachte sie zurück in ihre Box.

Dann ging sie zu Caramell. Vorsichtig betrat Frederike die Box. Caramell ließ sich ohne Probleme ein Halfter anlegen und in die Stallgasse führen. Das Pferd war dreckig, die Mähne und der Schweif verfilzt, und die Hufe sahen schlimm aus. Frederike putzte mit Hingabe. Sie kämmte vorsichtig Mähne und Schweif aus, striegelte und bürstete die Stute und kratzte die Hufe aus. Caramell ließ alles mit sich geschehen und schien es sogar zu genießen.

Dann führte Frederike das Pferd auf den Reitplatz, führte es einige Runden und ließ es dann laufen. Caramell galoppierte, sprang. Sie hatte sichtlich Vergnügen daran, sich zu bewegen. Aber immer wieder hielt sie inne und schaute in Richtung Chaussee. Und von dort war nun das Geräusch eines Automobils zu hören, das Rattern des Motors, das Knirschen der Reifen auf dem gefrorenen Kies.

»Sie sind wieder da!«, rief Frederike und versuchte Caramell einzufangen und in den Stall zurückzubringen. Doch die Stute stand am Zaun, hob den Kopf und wieherte laut. Dem Automobil folgte die Wagonette, und die zog Glumse.

»Nun komm«, sagte Frederike, griff nach dem Halfter und befestigte den Führstrick. »Komm mit.«

Plötzlich folgte Caramell ihr, blieb aber auf dem Hof stehen und ließ sich keinen Zentimeter weiter bewegen. Onkel Erik fuhr mit dem Automobil bis vor die Treppe des Gutshauses, aber die Wagonette fuhr auf den Wirtschaftshof.

Caramell wieherte glücklich auf und schien Glumse freudig zu begrüßen.

»Ei, wat bisse da am Machen mittem Gaul?«, fragte Hans, der den Wagen gelenkt hatte, erstaunt.

»Ich habe sie ein wenig bewegt«, sagte Frederike. »Und vor allem geputzt.«

»Pass bloß auf, is ne Deuwel«, meinte Hans.

»Nein, ist sie nicht«, sagte Frederike. »Man muss nur ordentlich mit ihr umgehen.«

Caramell zog mit aller Macht zu Glumse, die beiden Pferde beschnupperten sich, wieherten leise. Dann endlich ließ sich die Stute ohne Probleme in ihre Box führen.

Frederike lief zum Haus und stürmte die Eingangstreppe hoch. Onkel Erik, Mutter und Tante Edeltraut standen in der Diele. Leni nahm ihnen die Mäntel ab, zwei Burschen brachten das Gepäck herein.

»Hast du uns etwas mitgebracht?«, rief aufgeregt die kleine Irmi.

»Mutti!« Gilusch rannte auf ihre Mutter zu.

»Immer mit der Ruhe«, lachte Stefanie und zog für jeden eine Zuckerstange aus ihrer Handtasche. Auch Frederike, Fritz und Gerta bekamen Süßigkeiten.

»Lasst uns erst einmal ankommen«, sagte auch Tante Edeltraut.

»Ich bin froh, dass ihr wieder da seid«, seufzte Tante Martha.

»Wir waren doch gar nicht so lange weg.«

»Also, ich habe das ganz anders empfunden.«

»Ist etwas passiert?«, fragte Stefanie nach.

»Nein, nur Fräulein Hansen liegt darnieder.«

»Ist sie krank?«

»Das Frauenleiden«, flüsterte Martha.

Stefanie winkte ab.

Die Mamsell war direkt in die Küche gegangen, um dort einen Teil ihrer Einkäufe abzuladen. Nun kam sie hoch.

»Schneider fragt, ob die Herrschaften erst noch einen kleinen Imbiss wollen oder ob sie das Abendessen wie gewohnt fertigmachen soll?«

»Was hat sie denn als Imbiss?«, fragte Onkel Erik.

»Ich denke, Suppe und Schnitten.«

»Eine heiße Suppe wäre vorzüglich nach der langen Fahrt«, sagte Onkel Erik.

Tante Edeltraut nickte zustimmend.

»Dann machen wir uns jetzt alle frisch«, beschloss Stefanie, »und sehen uns gleich im Esszimmer.«

Schneider hatte eine köstliche Hühnersuppe gekocht, an der sich nun alle labten.

»Was habt ihr gekauft?«, fragte Fritz.

»Hans hat einen Deckhengst gefunden, der wunderbar für unsere Zucht sein wird. Koslowski hat einen Bullen und zwei Färsen erstanden, so bringen wir frisches Blut in unsere Milchwirtschaft«, sagte Onkel Erik und klang sehr zufrieden.

»Wo sind die Tiere denn?«, fragte Frederike.

»Sie werden morgen gebracht – mit der Eisenbahn.«

»Der Deckhengst ist wirklich schön«, meinte Stefanie. »Und du solltest es dir überlegen, Erik.«

»Ja, ja«, sagte er. »Es wird wohl darauf hinauslaufen.«

»Was denn?«, wollte Frederike wissen.

»Nun, wir haben den Deckhengst, einen schönen Vierjährigen, von den von Olechnewitz gekauft. Und er hat mich wieder nach Caramell gefragt. Wir würden quasi tauschen, und ich müsste nur noch ein wenig drauflegen.«

»Das kannst du nicht tun, Onkel Erik«, sagte Frederike entsetzt. »Caramell würde dann Katharina gehören, und du weißt doch, wie sie riegelt und mit harter Hand reitet. Mir tun die Pferde immer leid, sie sägt ja quasi das Gebiss in deren Unterkiefer.«

»Manchmal muss man ein Pferd hart rannehmen«, sagte Onkel Erik. »Und Caramell ist sicher so ein Tier.«

»Das ist sie nicht«, widersprach Frederike. »Man muss sich nur intensiver mit ihr beschäftigen.« Sie konnte einfach nicht glauben, dass Onkel Erik Caramell wirklich verkaufen wollte, und noch dazu an Katharina. Katharina war nicht nur eine arrogante Ziege, sie war auch eine schlechte Reiterin. Und Caramell war viel zu wertvoll, um von ihr verschandelt zu werden. Plötzlich fühlte sich Frederike ganz leer.

»Nun gut, ich habe ja noch ein paar Tage Zeit, es mir zu überlegen. Vielleicht reite ich Caramell auch einfach mal, um zu sehen, wie sie sich macht«, meinte Onkel Erik. Frederike nickte und blinzelte die Tränen weg. Noch bestand Hoffnung. Onkel Erik würde sicher das Potential der Stute erkennen.

»Und sonst?«, fragte Gerta. »Was habt ihr sonst in Graudenz gemacht?«

»Wir haben uns verschiedene Sachen angeschaut«, erklärte Tante Edeltraut. »Wahrscheinlich wird Schneider eine neue Brutmaschine bekommen. Außerdem haben wir einen neuen Dampfentsafter gekauft. Der alte rostet.«

»Habt ihr uns noch etwas mitgebracht?«, fragte Irmi, die ausnahmsweise mit am Tisch sitzen durfte.

»Vielleicht«, sagte Stefanie und zwinkerte ihr zu. »Ich werde nachher mal sehen, ob ich noch etwas für liebe kleine Mädchen finde, wenn alles ausgepackt ist.«

»Wir müssen«, sagte Onkel Erik, »auf jeden Fall nächstes Jahr zur Grünen Woche nach Berlin. Alles wird immer technischer, nicht nur im Haushalt.«

»Aber da darf ich dann mit?«, fragte Fritz. »Bitte, Onkel Erik.«

»Ich überlege es mir.«

Am nächsten Tag fuhr Hans zur Bahn, um die Tiere abzuholen, Onkel Erik besprach sich mit dem Inspektor, Stefanie legte mit der Mamsell den Küchenplan fest, und die Kinder hatten wieder Unterricht, denn die Mamsell hatte Fräulein Hansen eine Flasche Melissengeist mitgebracht. Diese stand nun auf dem Pult, und hin und wieder nahm die Lehrerin ein Schlückchen. So kehrte also wieder Normalität auf Fennhusen ein.

Beim Mittagessen fielen Stefanie die geröteten Wangen der Lehrerin auf.

»Sie haben doch wohl kein Fieber?«, fragte sie besorgt.

Fräulein Hansen kicherte. »Nein, wobei mir innerlich ganz warm ist«, sagte sie und wedelte sich Luft zu.

Stefanie runzelte die Stirn und ließ Gerulis eine Kanne Wasser für das Fräulein bringen. Als die Lehrerin sich einschenken wollte, verfehlte sie das Glas und schüttete das Wasser auf den Tisch. »Huch!«, lachte sie. »Pardon.«

»Ihnen geht es nicht gut«, sagte Tante Edeltraut. »Sie wirken ja … beschwipst.«

»Nein, nein. Die Mamsell hat mir doch 'nen Melissengeist mitgebracht – dadurch geht es mir jetzt sehr, sehr gut.«

»Wie viel haben Sie davon genommen?«

»Nun, hier 'n Schlückchen, da 'n Schlückchen. Und – hihi – es wirkt ganz famos.« Sie nuschelte und strahlte.

»Liebes Fräulein Hansen, man soll vom Melissengeist einen Esslöffel voll nehmen, bevor man zu Bett geht. Und vielleicht noch einen am nächsten Morgen, wenn die Beschwerden zu schlimm sind. Aber mehr nicht. Das ist doch purer Alkohol.«

»Alkohol? Wirklich?«, nuschelte sie.

»Ja. Ich empfehle Ihnen, nach dem Essen zu Bett zu gehen und den Rausch auszuschlafen. Lassen Sie sich von Leni eine Aspirin geben.«

»Es tut mir … leid«, sagte Fräulein Hansen und stand auf, wankend ging sie zur Tür.

Erst als sie draußen war, sahen sich Stefanie, Edeltraut und Martha amüsiert an und lachten dann los.

»Ich werde die Mamsell fragen, ob sie ihr geraten hat, das Medikament so häufig zu nehmen«, sagte Stefanie. »Aber vorstellen kann ich es mir nicht.«

»Nun, ihr geht es auf jeden Fall besser«, meinte Martha.

»Heute. Und morgen kommt der Katzenjammer. Die Köchin soll schon mal Bratrollmöpse bereitlegen«, sagte Edeltraut.

»Ihr macht euch über das arme Fräulein lustig«, mahnte Erik. »Morgen wird es ihr sehr genierlich sein. Wir werden uns nichts anmerken lassen.«

»Aber wir haben heute Nachmittag keinen Unterricht«, stellte Fritz fröhlich fest.

»Ihr habt sicher noch Aufgaben, die ihr beenden müsst«, sagte Stefanie streng.

»Und wenn wir sie fertig haben?«, wollte Gerta wissen.

»Na, dann gehört der Nachmittag euch.« Onkel Erik legte seine Serviette auf den Tisch und stand auf. »Ich werde mal sehen, ob Hans schon wieder zurück ist vom Bahnhof.«

Frederike eilte nach oben. Sie hatte am Vormittag alle Aufgaben erledigt. Fritz und Gerta mussten noch ihre Rechenaufgaben vervollständigen.

»Kannst du uns nicht helfen?«, fragte Fritz, der ihr folgte. »Dann sind wir schneller fertig.«

»Ich will in den Stall und ausreiten.«

»Och bitte«, sagte nun auch Gerta. »Du kannst das viel besser als wir.«

»Na gut.« Frederike ging mit ihren Geschwistern in das Schulzimmer, und schon bald waren die Rechenaufgaben erledigt.

»Meinst du«, fragte Fritz, »dass wir morgen auch noch freibekommen? Wegen des Katzenjammers?«

»Mach dir keine Hoffnungen, Fritz.«

✦ ⁓✦⁓ ✦

Freddy zog sich um und lief zum Stall. Hans war immer noch nicht vom Bahnhof zurück. Onkel Erik schaute auf seine Armbanduhr und schüttelte den Kopf. »Sehr seltsam«, murmelte er. »Er hätte schon längst wieder hier sein müssen.«

»Sollich Ihnen den Henjst fertichmachen, Jnädigster?«, fragte Tomasz, der erste Stallbursche. »Jeputzt isser schon.«

»Ich nehme die Trakehnerstute.«

»Erbarmung, den ollen Deuwel? Sin Se sich da sicher, Jnädigster?«

»Ja, ich will Caramell reiten«, meinte Onkel Erik.

»Nu, is ja Ihr euer Jenick.« Der Bursche grinste und stapfte davon.

Frederike folgte ihm zur Sattelkammer. Sie war enttäuscht, hatte sie doch gehofft, langsam und vorsichtig Vertrauen in Caramell aufzubauen. Sie mochte die Stute, und sie mochte die Art, wie Katharina von Olechnewitz ritt, gar nicht. Katharina hatte eine harte Hand und setzte sie auch ein. Ihre Pferde wurden mit der Zeit stumpf im Maul, weil sie ihnen immer weh tat. Das wollte sie Caramell nicht zumuten. Sie hoffte, dass auch Onkel Erik das so sehen würde. Mit einem Seufzen nahm sie Dups' Sattel und Zaumzeug vom Haken. In der Stallgasse legte sie den Sattel auf den Halter und hängte das Zaumzeug an den Haken; dann holte sie Dups aus der Box. Tomasz hatte inzwischen Caramell auch in die Gasse gestellt und putzte sie oberflächlich. Das Pferd reagierte nervös, es hatte die Ohren angelegt, rollte mit den Augen und hob immer wieder den Kopf. Er griff nach ihrem Hinterbein und zog es hart nach oben. Caramell wieherte auf und trat aus.

»Verdammtes Miststick«, rief Tomasz und schlug ihr mit der geballten Faust in die Flanke.

Frederike holte erschrocken Luft und ging zu ihnen.

»Ruhig«, sagte Frederike zu der Stute. Sie hielt ihr erst nur die Hand hin, Caramell schnupperte daran und beruhigte sich etwas. Dann gab sie dem Tier einen Apfel.

»Du darfst nicht so ungeduldig mit ihr sein«, meinte Frederike.

»Marjellchen, willst doch mir nich sajen, wie ich muss umjehen mit den Pferden, wa?« Tomasz drängte sie zur

Seite. »Mach meene Arbeit jut un schon lanje. Und nu quatsch dir keene Fransen, sieh zu, dasse Land jewinnst.«

Frederike sah ihn erschrocken an, wich dann zur Seite und ging zu Dups.

»Menschenskind, ist der doof!«, wisperte sie Dups ins Ohr. »Ich will Caramell doch nur helfen.« Dups nickerte, hob dann den Kopf und rieb ihn an Frederikes Schulter.

Schnell hatte der Bursche Caramell gesattelt und brachte sie nach draußen. Frederike sah, dass Onkel Erik aufstieg. Caramell tänzelte nervös, aber Onkel Erik hatte sie schnell unter Kontrolle.

»Koslowski«, sagte er zu dem Schweizer, der gerade auf den Wirtschaftshof kam, »fahr zum Bahnhof und schau nach, wo Hans bleibt.«

»Ei sicher, Jnädigster.« Der Schweizer tippte an seine Mütze und ging zur Remise.

Nachdem Frederike Dups fertiggemacht hatte, stieg auch sie in den Sattel.

Langsam ritt sie Dups den Wirtschaftsweg entlang und bog dann auf das abgeerntete Feld ab. In der Ferne sah sie ihren Stiefvater auf Caramell. Langsam erhöhte Frederike das Tempo, und schließlich ließ sie Dups laufen. Es war herrlich, den frischen Wind auf dem Gesicht zu spüren. Die Luft war rein und klar. Doch jetzt, im November, wurde es immer früher dunkel. Zudem zogen in der Ferne dicke Wolken auf, die bestimmt Schnee brachten. Frederike kehrte um. An der großen Lichtung traf sie Onkel Erik. Sein Gesicht war gerötet, aber er lächelte.

»Sie hat wirklich ordentlich Temperament«, sagte er. »Aber auch einen herrlichen Gang.«

»Ich finde sie wunderschön«, schwärmte Frederike.

»Nun, sie ist wohl noch eine Nummer zu groß für dich.«

»Leider«, gab Frederike zu.

»Dabei bist du eine sehr gute Reiterin. Und langsam wird Dups zu klein für dich.«

Die beiden Pferde schritten gemächlich nebeneinanderher. Caramell zuckte zwar hin und wieder mit den Ohren und schaute sich ständig um, doch Onkel Erik brachte sie immer wieder dazu, sich zu konzentrieren.

Auf einmal hörten sie lautes Geknatter hinter sich. Es war Koslowski auf seinem DKW, der vom Bahnhof zurückkehrte und die Abkürzung über den gefrorenen Waldweg nahm.

Caramell riss den Kopf hoch, ihre Augen waren geweitet. Sie stieg, und dann rannte sie los.

Frederike hatte auch erst Mühe, Dups zu halten, doch schon bald beruhigte sich die gutmütige Stute. Onkel Erik hatte allerdings nicht so viel Glück. Zwar konnte er Caramell schließlich zügeln, doch sie stieg wieder und trat dann hinten aus – so dass er im hohen Bogen über ihren Kopf flog. Dann drehte sich Caramell um und kam auf Frederike zu. Schnell sprang sie ab und griff nach den Zügeln. Schnaubend blieb die Trakehnerstute neben ihr stehen.

»Ganz ruhig«, murmelte Frederike, »ganz ruhig.« Sie klopfte dem Pferd den Hals und führte beide langsam zu ihrem Stiefvater.

»Hast du dich verletzt?«, fragte sie besorgt.

Onkel Erik schüttelte den Kopf. »Nein«, brummte er und nahm ihr die Zügel ab.

»Sie hat sich erschreckt …«

»Ich weiß.« Er seufzte. »Aber sie ist wirklich ein Teufel.«

Auf dem Hof herrschte hektische Betriebsamkeit, denn Hans war endlich mit den Tieren gekommen.

»Der Zuch hatte Verspätung, Jnädigster«, sagte er. »Wat Technisches.«

»Immerhin hat er es bis zum Bahnhof geschafft.« Onkel

Erik gab die Zügel dem Stallburschen, damit er Caramell in die Box brachte. »Reib sie noch trocken«, sagte er und widmete sich dann dem Deckhengst.

»Trockenreeben? Ei, binich verrieckt? Dat Vieh beeßt und tritt«, murmelte der Stallbursche.

Frederike versorgte Dups. Tomasz hatte Caramells Box schon längst verlassen, als Frederike fertig war. Zögernd ging sie zu ihr herüber. Die Stute schwitzte und dampfte. Frederike betrat vorsichtig die Box, nahm eine Handvoll frisches Stroh und rieb das Pferd trocken. Dann gab sie ihr Wasser und etwas Hafer.

»Prima, meine Gute«, lobte sie das Pferd. Caramell trank und fraß, dann wandte sie sich zur Seite, zur anderen Box. Glumse streckte seinen Kopf über die Trennwand, und die beiden begannen, sich am Hals zu kraulen.

»Wunderbar«, sagte Frederike und ging.

Der Deckhengst, der Bulle und die beiden Färsen waren inzwischen in die Ställe verbracht worden. Vor der Remise standen Koslowski, Sergei, Dawid und Fritz um das DKW.

»Ei, hab dat Jefiehl, als obbet noch besser fährt als zuvor«, sagte der Schweizer und klang stolz. »Dat isma nen knorkes Maschinchen.«

»Besser?«, fragte Sergei nach und unterdrückte ein Schmunzeln.

»Jau! Schneller isse irjendwie, als obse frisch jeölt worden wäre. Un sauberer schautse ooch aus.«

»Darf ich damit fahren, Vater? Bitte!«, fragte Dawid.

»Bisse dreidammelich? Nee, nee. Wat gloobste, wat dat Dinjen jekostet hat? Musste lanje sparen, um dat zu bedeichseln.«

»Aber vielleicht nur eine Runde über den Hof?«, fragte nun auch Fritz nach. »Wo es doch jetzt so gut läuft?«

»Ei, soll loofen ooch noch länger, wa? Da brooch ich euch Dämlacke nie nich, ummet kaputtzumachen. Trollt euch!«, rief Koslowski. »Ei, wenne nich weeßt, watte tun sollt, Bowkes, dann jeht inne Stall, jibt jenuch Arbeet.«

Frederike sah die beiden Jungs an, die den Kopf einzogen. »Ich geh in die Küche«, sagte sie. »Kommt ihr mit?«

»Das ist formidabel«, sagte Fritz. »Komm, Dawid!«

»Menschenskinder«, meinte Frederike, als sie auf das Gutshaus zugingen. »Ihr habt so Glück, dass dein Vater nicht mitbekommen hat, was ihr angestellt habt. Und dass euch Sergei geholfen hat. Müsst ihr euer Glück noch weiter herausfordern?«

Fritz seufzte. »Ich möchte auch ein DKW. Das wünsche ich mir zu Weihnachten.«

»Wünschen kannst du dir viel«, meinte Frederike. »Aber ...«

»Ja, ja, ich weiß«, seufzte Fritz. »Wünsche sind zum Wünschen da.«

»Und ihr solltet euch überlegen, Sergei ein wenig zur Hand zu gehen. Schließlich hat er euch sehr geholfen und euch nicht verraten.«

»Damit hat sie recht«, sagte Dawid und blieb stehen.

»Hat sie«, bestätigte Fritz. Die beiden sahen sich an, zogen dann ihre Mützen tiefer und drehten sich um. »Sag Schneider, sie soll uns etwas Leckeres aufbewahren.«

Das muss ich ihr doch gar nicht sagen, dachte Frederike amüsiert. Es war seltsam, schon wieder keinen Unterricht am Nachmittag zu haben, auch wenn sich Frederike nicht unbedingt darum riss. Nachmittags befassten sich die Mädchen meist mit Handarbeiten oder Lektüre. Im Sommer gab es draußen Leibesertüchtigung, im Winter mussten sie manchmal gymnastische Übungen im Gartenzimmer machen. Fritz hatte statt Leibesertüchtigung Reitstunden, wurde am Gewehr geschult oder – wenn das Wetter ganz schlecht war – hatte sich mit seinem Metallbaukasten zu beschäftigen. Er musste nicht lernen, wie man Socken stopfte oder Mützen strickte, dafür musste er aber immer wieder bei den Gewerken im Hof antreten und dort mitarbeiten. Manchmal wurde er zum Küfner geschickt, dann musste er für Fräulein Hansen eine Kiste beim Zimmermann bauen oder gar beim Stellmacher mit anfassen.

Frederike ging wie gewöhnlich durch den Hintereingang in die Küche. Doch dort war es hektisch. Vorgestern waren zwei Schafe gerissen worden – ob nun von einem Wolf oder einem wilden Hund, konnte niemand mehr sagen. Aber das Fleisch musste so schnell wie möglich verarbeitet werden. Es wurde gepökelt, geräuchert, durch den Fleischwolf gedreht und gewurstet.

»Erbarmung«, seufzte die Köchin, »das passt mir jar nich. Hab zu tun jenuch, unnun noch die Schafe. Ei, vorjestellt hab ich mir dat anders.«

Frederike stibitzte zwei Kekse und lief nach oben. Im Gartenzimmer saßen die beiden Tanten – Edeltraut und Martha – und strickten. Das ganze Jahr über strickten sie in jeder freien Minute Strümpfe, Schals, Mützen und Handschuhe – alles Geschenke für die Leute zu Weihnachten. Überhaupt sammelten sich jetzt die Geschenke für die Leute schon in diversen Kammern und Ecken.

Irmi und Gilusch, die immer noch an das Christkind glaubten, bekamen es dieses Jahr das erste Mal mit – es war nicht das Christkind, was die Leute beschenkte, es war die Gutsfamilie.

»Das ist so«, gab Frederike die Erklärung an ihre jüngeren Geschwister weiter, so, wie sie sie auch erfahren hatte. »Das Christkind ist viel zu beschäftigt damit, die Geschenke in den Familien überall auszuliefern. Deshalb übernehmen wir einen Teil – Geschenke an die Leute. Sie kommen von Herzen und von uns – als Wertschätzung für ihre Arbeit.«

»Ach so«, sagte Irmi und runzelte die Stirn. »Wir machen das für das Christkind?«

»Ganz genau.«

»Aber es sind immer Socken und Handschuhe, Schals und Unterwäsche, die Tante Edel und Tante Martha stricken. Immer wieder.«

»Und hast du letztes Jahr darauf geachtet, wie sie die Sachen entgegennahmen?«

»Nein«, sagte Irmi und senkte den Kopf. »Ich wollte endlich meine Geschenke haben, die vom Christkind. Und eine Weile dachte ich, dass wir auch nur Socken und Schals bekommen.«

Frederike lachte. »Achte dieses Jahr einmal darauf. Es sind Geschenke von uns an sie, aber sie freuen sich. Das Christkind beschenkt sie sicher auch noch, so wie es uns Geschenke bringt.«

Irmi nickte ernst.

Wenn Frederike jetzt ins Gartenzimmer ging, würden die Tanten sie dazu anhalten, auch zu stricken, zu stopfen oder zu nähen. Also schlich sie vorsichtig durch die große Diele. Ihre Mutter saß im kleinen Salon über den Haushaltsbüchern. Gerta hatte es sich dort am Kamin gemütlich gemacht und las ein Buch. Onkel Erik war auf dem Gut unterwegs.

Kurz dachte Frederike darüber nach, wieder nach draußen zu gehen – zu Fritz und Dawid. Aber es hatte tatsächlich angefangen zu schneien. Feinkörniger Schnee, fast wie kleine Hagelkörner, die sich in die Haut bissen und weh taten. Nach draußen zu gehen war keine gute Alternative. Also zog sie sich um und ging wieder in die Küche. Sicherlich konnte sie hier auch etwas tun, denn in der Küche herrschte nie Ruhe, und hier mitzuhelfen, war ihr immer noch lieber, als zu nähen.

Auf dem Herd dampfte der größte Topf mit Fleischbrühe von den Knochen und Resten der beiden Schafe. Darin hingen etliche Würste. Die Keulen waren gepökelt und in den Keller gebracht worden. Die Rippchen und die Brüste hingen inzwischen oben unter dem Dach im Rauch.

Der Rest wurde gehackt, weiter verarbeitet, gewürzt, geknetet. Eins der Mädchen drehte unablässig den Fleischwolf, der Schweiß stand ihr auf der Stirn.

»Kann ich helfen?«, fragte Frederike schüchtern.

»Erbarmung, Marjellchen«, sagte Schneider und wischte sich mit beiden Händen übers Gesicht. »Wat sollen we machen mit dir?«

»Sie kann helfen, zu machen den Pfefferkuchen«, meinte Lore, die zweite Köchin. »Ich hab ooch schon allet bereitet vor, wa?«

»Ei sicher, wird höchste Zeet, zu machen den Pfefferkuchen für Weehnachten. Magste helfen, Marjellchen?«, fragte Schneider.

»So klar wie Kloßbrühe«, sagte Frederike und krempelte die Ärmel hoch.

»Na, dann stellste dir hier hin«, sagte Lore und gab ihr einen großen Holzlöffel. Auf dem Herd standen etliche Töpfe. Es dampfte, zischte, brutzelte, schmorte überall.

Lore goss Honig in einen Topf, schüttete Zucker dazu. »Riehr, riehr, damitet nich brennt an. Der Zucker muss sich lösen.« Frederike rührte, es roch so süß. Immer wieder kam Lore vorbei. Schließlich gab sie heißes Wasser in den Sud. Es zischte und dampfte. Frederike wich zurück.

»Du musst riehren«, schimpfte Lore und nahm ihr den

126

Löffel aus der Hand. »Es muss werden jlatt. So«, sie lächelte zufrieden.

Der Zucker löste sich auf, das Gemisch wurde klar. Lore zog den Topf von der Feuerstelle und rührte weiter. »Da vorne sind jemahlene sieße Mandeln innem Jlas. Wieg ab ein dreiviertel Pfund. Dann broochen wir noch bittere Mandeln. Die stehen daneben.«

Frederike ging zu dem Vorratsregal und suchte die Gläser heraus, die die Köchin säuberlich beschriftet hatte. Sie wog die Dinge ab und stellte die Gläser zurück. Lore gab ihr Anweisungen wie ein Feldmarschall.

»Een Viertelpfund feen jewiechtes Zitronat. Nen paar Jramm Zimt, nich zu viel und nich zu wenig. Nelken, jestoßen fein …« Und so ging es weiter. Frederike löste Pottasche in lauwarmem Wasser auf und gab Hirschhornsalz dazu. Und nun wurde die Honig-Zucker-Masse in die Schüssel mit den trockenen Zutaten gerührt und verknetet. Eine klebrige und schweißtreibende Arbeit.

»Dat muss jetzt mindestens eenen Tag bei Zimmertemperatur stehen«, sagte Lore und legte ein sauberes Küchentuch über die Emaille-Schüssel. »Dann kiennen wir dinn ausrollen den Teich und ausstechen. Un dann wird jebacken, die Plätzchen kimmen mit nem Appel inne Blechdose, und Weehnachten sindse wunderbar mirbe.«

»Das ist phänomenal«, sagte Frederike. »Woher weißt du das alles nur?«

»Is meene Arbeet. Ich weeß es vonne Schneeder. Un se vonne Kiechin, die sie jelernt hat. Die Rezepte werden immer jejeben weiter. Von Jeneration zu Jeneration.«

»Beeindruckend.« Frederike leckte die Zuckerreste von ihren Fingern ab.

»Ei, awwer nu husch nach oben, jleich jibbet Essen«, sagte Schneider und zwinkerte ihr zu.

Kapitel 7

Als Frederike am nächsten Morgen aufwachte, war die Welt still. Schnee war gefallen – die ganze Nacht. Es waren dicke Flocken, wie Watte, und sie hüllten alles ein, bedeckten es. Der Schnee dämpfte jedes Geräusch, und jetzt, bevor die Gutsarbeit ihren Lauf nahm, wirkte der Hof verzaubert. Frederike blieb am Fenster stehen. Sie liebte diesen Anblick, den ersten frischen Schnee, selbst wenn sie wusste, dass sie seiner im Laufe des langen Winters überdrüssig werden würde. Aber jetzt dachte sie nicht an die kalten Füße, die nassen Stiefel, die feuchten, klammen Handschuhe. Sie dachte nicht daran, wie mühsam es war, sich durch die hohen Schneeverwehungen zu kämpfen. Noch lagen die kurzen, dunklen Tage, an denen der Wind aus dem Osten pfiff, vor ihnen. Aber der erste Schnee leuchtete und war magisch. Schnell zog sie sich den Morgenrock über und lief nach nebenan ins Zimmer ihrer Schwester.

»Es hat geschneit!«

»Was?«, murmelte Gerta verschlafen.

»Es hat geschneit. Dicker, weicher Schnee. Komm.« Sie zog Gerta aus dem Bett und zum Fenster. »Schau!«

»Oh!« Auch Gerta war von dem Zauber ergriffen.

»Wir müssen uns anziehen.« Frederike lief wieder in ihr Zimmer. Obwohl sie schon sechzehn war, gab es manche Dinge, die sich nicht änderten. Zum Beispiel, durch den ersten Schnee zu laufen und Schneeengel zu machen. Das taten sie seit frühester Kindheit. Ihre Mutter hatte sie immer geweckt, wenn der erste Schnee fiel, egal, wie spät es war. Das war, als sie noch in Potsdam gewohnt hatten, lange bevor Stefanie Onkel Erik geheiratet hatte und sie nach Ostpreußen zogen, wo es mehr Schnee und viel längere Winter gab. Aber das war jetzt egal. Der Schnee war frisch und rein und … machte Spaß. Frederike zog sich warm an – zwei Paar Socken, einen dicken Pullover, darunter eine Bluse und natürlich die wollene Unterwäsche, die zwar kratzte, aber warm hielt. Unten hing die Winterjacke, dort standen die Stiefel.

Vor dem Kinderzimmer stockte Frederike. Mutter weckte inzwischen die Kinder nicht mehr. Aber sollten nicht auch Irmi und Gilusch den Zauber des ersten Schnees erleben? Im letzten Jahr war der Schnee erst Hagel gewesen. Da gab es kein jungfräuliches Weiß – es war eher ein Beet der Verwüstung, das der Schnee irgendwann bedeckte. Im Frühjahr erst konnten sie die Ausmaße erkennen und beseitigen. Der letzte Winter war kalt, aber auch dreckig gewesen. Immer wieder kamen warme Tage, wo alles zu Matsch wurde, und danach tiefer Frost. Aber nun gab es den perfekten Winteranfang mit Watteschnee. Das sollten auch Irmi und Gilusch erleben.

Frederike schlich sich in das Kinderzimmer. Es war nicht nur ein Zimmer, es wurde nur so genannt. Eigentlich war es eine Zimmerflucht – Räume, die ineinander übergingen. Vorne war das große »Kinderzimmer« – mit Tisch, Stühlen, Kommoden und Spielzeug. Davon ab ging der Raum, in dem das Kindermädchen schlief. Rechts daneben war das Säuglingszimmer – dort stand die Wiege. Im Moment schlief Klein Erik noch da.

Irmi und Gilusch teilten sich einen kleinen Raum, links von dem des Kindermädchens. Bald schon würden die beiden Mädchen ihre eigenen Zimmer bekommen. Räume gab es genug im Gutshaus, aber es war eine wirtschaftliche Frage. Gerade in den langen, kalten Wintern musste ja jedes Zimmer beheizt werden. Aber das interessierte Frederike im Moment wenig. Sie ging durch das große Zimmer zu ihren beiden Halbschwestern.

»Wacht auf! Es hat geschneit.«

Irmi setzte sich im Bett auf und rieb sich die Augen. Gilusch drehte sich seufzend im Bett um.

»Kommt, Kinder, steht auf. Es hat geschneit.«

»Es schneit jedes Jahr im Winter«, seufzte Irmi und ließ sich wieder ins Kissen zurückfallen.

»Aber der erste Schnee ist der beste«, versuchte Frederike ihre Schwestern zu begeistern. »Kommt, zieht euch an.« Sie zog sie aus den Betten, half ihnen beim Ankleiden. »Schnell! Wir müssen draußen sein, bevor die Leute alles kaputtmachen.«

»Wie können die Leute etwas kaputtmachen?«, fragte die kleine Gilusch und gähnte.

Frederike nahm die Dreijährige auf den Arm und ging mit ihr nach unten. »Jetzt«, sagte sie leise, »ist der Schnee noch unberührt. In einer halben Stunde laufen die Leute über den Hof. Dann wird es dreckig. Burschen werden die Wege frei räumen ... noch ist diese weiße Decke dort, und die Zeit müssen wir nutzen.«

Gerta stand in der Diele und nickte. »Das machen wir jedes Jahr, und nun macht ihr es auch.«

»Das ist ja töfte«, sagte Irmi begeistert. »Dann mal los.«

»Wartet! Wartet auf mich!«, rief Fritz und hüpfte die Treppe hinunter. »Warum hat mich keiner geweckt? Ihr wolltet alleine in den Schnee? Das habt ihr euch wohl so gedacht.« Er lachte. »Los, kommt, Mädels!«

Schnell zogen sie sich ihre Jacken und Stiefel an, rannten dann in den Hof vor dem Haus. In der Küche rumorte es schon, und sie konnten hören, dass hinten im

Wirtschaftshof einer der Burschen anfing, den Schnee zu räumen. Die Wege zu den Ställen mussten frei sein, wenn die Andacht im Gutshaus beendet war. Bis dahin war es nur noch eine knappe Stunde. Aber vorher hatten sie noch diese eine Stunde. Frederike nahm Gilusch an die Hand, Gerta Irmi. Fritz rannte voraus und ließ sich im Rondell auf den Rücken fallen. Dann bewegte er Arme und Beine ... und ganz langsam entstand ein Schneeengel.

Die kleinen Schwestern sahen es mit großen Augen. »Das will ich auch!«, sagte Irmi.

»Dann los!«, lachte Frederike. Sie wusste, spätestens am Vormittag würden diese Zeichen nicht mehr zu sehen sein. Aber es machte Spaß, es hatte ihr schon immer Spaß gemacht, und nun, mit den kleinen Schwestern, war es noch einmal etwas Besonderes.

Sie ließen sich in den frischen Schnee fallen, liefen hintereinander her und schufen so Spuren. Sie bauten einen großen Schneemann, stibitzten sich eine Möhre und Kohlenstücke aus der Küche für Nase, Augen und Mund. Sie formten Schneebälle und lieferten sich eine heiße Schlacht.

»Kinder!«, rief Stefanie vom Hauseingang und brachte sie zur Besinnung. »Andacht!«

Schnell klopften sie sich gegenseitig den Schnee von den Kleidern, stapften die Stiefel frei und gingen mit geröteten Wangen ins Haus. Frederike trug Irmi, Gerta hatte Gilusch im Arm. »Wie früher«, wisperte Frederike.

»Ja«, sagte Gerta glücklich. »Danke, dass du mich geweckt hast.«

»Du lieber Himmel!«, rief das Kindermädchen, das in der Diele die beiden kleinen Mädchen in Empfang nahm. »Ihr seid ja ganz nass und kalt. Kommt, kommt. Ab nach oben und umziehen.« Sie funkelte Frederike an. »So geht das nicht, du kannst nicht einfach die Kinder aus meiner Obhut nehmen.«

»Nun, liebe Frieda«, sagte Stefanie beruhigend. »Die Kinder waren nur im Schnee. Daran ist nichts Anrüchiges oder Verbotenes.«

»Sie können sich den Tod holen«, empörte sich das Kinderfräulein.

»Im Winter und hier in Ostpreußen?« Stefanie lachte auf. »Tatsächlich. Aber ich traue meinen großen Töchtern durchaus zu, dass sie auf ihre kleinen Geschwister gewissenhaft aufpassen. Was Ihnen ja wohl nicht gelingt, denn Sie haben gar nicht mitbekommen, dass die Kleinen aufgestanden sind. Vielleicht überdenken Sie Ihre Sorgfaltspflicht für die Zukunft.«

»Pöhhh«, machte das Kindermädchen, nahm Irmi und Gilusch und zog sie nach oben.

Stefanie sah Frederike und Gerta an. »Das war kein Meisterstück von euch«, sagte sie streng, lächelte dann jedoch. »Aber es war ein wenig wie früher. Ihr habt zehn Minuten bis zur Andacht. Kommt trocken und sauber.«

»Es war wie früher«, sagte Gerta, als sie neben Frederike nach oben ging. »Oder jedenfalls fast. Danke, dass du mich geweckt hast.«

»Es war mir ein Bockbierfest«, lachte Frederike.

Zur Andacht erschienen sie den Anweisungen entsprechend trocken und sauber. Danach gab es das erste Frühstück.

»Ich werde heute noch einmal Caramell reiten«, sagte Onkel Erik. »Von Olechnewitz hat wieder angefragt. Er will die Stute unbedingt für seine Tochter.«

»Dann gib sie ihm«, sagte Stefanie. »Ich hänge nicht an ihr. Alle Stallburschen sagen, dass sie bösartig ist.«

»Nein!«, empörte sich Frederike. »Sie ist nicht bösartig. Man muss sich nur richtig um sie kümmern.«

»Du kümmerst dich um deine Schulaufgaben, Fräulein«, sagte Stefanie. »Im Frühjahr wirst du die externe Prüfung für die weiterführende Schule ablegen müssen. Wie schätzen Sie Freddys Wissen ein, Fräulein Hansen?« Stefanie sah die Lehrerin an.

»Nun, Freddy lernt gut. Und wenn ich mir die Rechenaufgaben von Fritz und Gerta vom letzten Tag anschaue, hat sie auch nichts vergessen – die Aufgaben waren fehlerfrei, und das wären sie nicht, wenn Fritz und Gerta sie alleine gelöst hätten.«

»Das nenne ich doch mal gute Aufgabenverteilung«, sagte Onkel Erik verschmitzt und stand auf.

Frederike biss sich auf die Lippe. »Wann müssen wir im Unterrichtsraum sein?«, fragte sie.

»Nun, wie immer, was für eine Frage«, sagte Fräulein Hansen. Sie schaute auf ihre Uhr. »Du hast noch knapp vierzig Minuten.«

»Gut.« Frederike sprang auf. Sie lief nach oben und zog sich ein zweites Paar Wollsocken und einen dicken Pullover an. Nun war sie wieder wetterfest bekleidet, lief nach unten, schlüpfte in die Stiefel und riss die Jacke von der Garderobe. Dann eilte sie zum Stall. Onkel Erik besprach gerade das Tagesgeschäft mit dem Inspektor. Danach würde er zum Wirtschaftshof gehen und alles überprüfen. Schließlich würde er zum Gestüt reiten, das etwas außerhalb lag, und auch noch die Gewerke überprüfen. Das tat er jeden Tag. Meistens nahm er dazu seinen Hengst, aber jetzt wollte er Caramell auf Herz und Nieren prüfen. Frederike hoffte, dass die Prüfung nicht zum Nachteil für die nervöse, aber auch unterforderte Stute ausfiel.

Sie nahm trockenes Brot aus der Küche und lief zum

Stall. Tomasz führte gerade Caramell aus der Box. Sie hob den Kopf, die Augen geweitet, er zog ruckhaft am Halfter und verpasste ihr eine Ohrfeige. »Komm schon, du dimmes Deer. Ei, zeijen werd ichs dir, du Deuwel!«

Frederike blieb stehen und beobachtete ihn. Hart zog er ihren Kopf nach unten und band sie fest, so dass sie ihren Kopf kaum noch bewegen konnte. Caramell tänzelte nervös, und Tomasz verpasste ihr einen festen Schlag auf die Hinterhand. Sie wieherte und trat aus.

»Nee, nee«, sagte er und lachte böse. »Du kreechst mich nich kleen, nie nimmer nich.«

Ohne sie zu putzen, schmiss er ihr den Sattel auf den Rücken und zurrte ihn fest. Viel zu fest, wie Frederike feststellte.

»Was machst du da, Tomasz?«, fragte sie und ging auf ihn zu. »Du tust ihr weh. Sie wird Druckstellen bekommen.«

»Hau ab«, fauchte der Stallbursche sie an. »Ich mach nur meene Arbeet. Sollse satteln, habse jesattelt.« Er sah Frederike an, und in seinem Blick war etwas Böses. Frederike drehte sich erschrocken um und lief zum Gutshaus.

Ihr Stiefvater kam gerade aus seinem Büro, als sie in die Halle kam. Er hatte die Stirn gekraust und eilte zur Tür.

»Onkel Erik«, sagte Frederike.

»Nicht jetzt, Kind. Ich habe zu tun.« Und schon war er weg. Seufzend ging Frederike nach oben. Sie würde beim Mittagessen mit ihm reden.

Schnell zog sie ihre Wintersachen aus und begab sich in die Schulstube, Fräulein Hansen wartete schon.

Mittags saßen schon alle am Tisch, nur Onkel Erik fehlte. Manchmal, wenn ihn etwas auf dem Gut aufhielt, kam er nicht zum Essen. Stefanie hatte gerade Gerulis das Zeichen gegeben, aufzutragen, als die große Haustür ins Schloss fiel. Langsam kam Erik in das Esszimmer gehumpelt. Gerulis nahm ihm Mantel und Hut ab.

»Was ist passiert?«, fragte Stefanie besorgt.

»Hat dich etwa die Hexe erwischt?«, wollte Tante Edeltraut wissen.

»So kann man es auch sagen«, murrte Onkel Erik. »Aber es ist kein Hexenschuss, es war Caramell, sie hat mich abgeworfen.«

»Schon wieder?«, rief Frederike.

Stefanie sah sie erstaunt an und blickte dann wieder zu ihrem Mann, der langsam Platz nahm. »Caramell hat dich schon mehrfach abgeworfen?«

»Gestern ist sie durchgegangen, als Bolek auf seinem knatternden Fahrrad vorbeifuhr. Heute hat sie in einer Tour gebuckelt. So etwas habe ich noch nie erlebt.«

»Es ist Tomasz«, warf Frederike ein. »Er geht nicht gut mit ihr um.«

»Papperlapapp«, winkte Onkel Erik ab. »Tomasz ist hier Stallbursche auf dem Hof, seit ich denken kann. Wenn einer weiß, wie er mit Pferden umzugehen hat, dann er.«

»Aber er mag sie nicht – im Gegenteil, er hasst sie. Er schlägt sie, zieht an ihrem Maul, er putzt sie noch nicht einmal.«

»Fräulein«, sagte Onkel Erik ernst. »Ich kann es nicht leiden, wenn einer von uns über einen von den Leuten schlecht redet. Ich weiß schon, wer hier für mich arbeitet und was er leistet, und das sicherlich besser als du.«

Frederike schnappte nach Luft. »Aber … aber …«, sagte sie, doch der strenge Blick ihrer Mutter brachte sie zum Schweigen. »Sollen wir den Arzt rufen?«, fragte Stefanie. »Nicht, dass du dir etwas gebrochen hast.«

»Rede keinen Unfug. Hab mich nur etwas gestoßen.«

»Willst du ein heißes Bad nehmen? Umschläge mit Retterspitz?«, fragte auch Tante Edeltraut besorgt.

»Nein!«, brummte Onkel Erik. »Ganz bestimmt nicht. Mir geht es gut, und ich werde das Pferd auch gleich wieder besteigen.«

»Von Olechnewitz will Caramell kaufen«, sagte Stefanie nachdenklich.

»Das mag sein, aber ich will sie nicht verkaufen.«

»Aber es ist doch mein Pferd.« Stefanie lächelte. »Und meine Entscheidung. Wenn dich die Stute abwirft, muss sie schon sehr böse sein.«

»Nein!«, riefen Frederike und Fritz unisono. »Sie ist nicht böse. Sie liebt Glumse.«

»Kann jemand, der Glumse liebt, böse sein?«, fragte nun auch Gerta.

»Wer ist Glumse?«, wollte Stefanie irritiert wissen.

»Also wirklich, Steff«, sagte Tante Edeltraut mit sanfter Stimme, »das musst du doch wissen. Das ist der fahle Kaltblüter, der immer die Kutsche oder den Schlitten zieht. Ein starkes, aber gutmütiges Pferd.«

»Ach ja. Aber was hat er mit Caramell zu tun?«

»Glumse und Caramell sind die besten Freunde, sie lieben sich.«

»Keine gute Zuchtkombination«, sagte Stefanie nachdenklich.

»Menschenskind, Mutter«, rief Frederike, »es geht nicht um Zucht. Glumse ist ein Wallach, er kann eh nicht mehr ...«

»Ihr wollt dieses bösartige Pferd behalten, nur weil es den Kaltblüter mag?« Stefanie schüttelte den Kopf. »Was würden die von Olechnewitz für sie geben?«

»Die Hälfte vom Preis des Deckhengstes.«

»Und da denkst du noch nach? Kabel ihm, dass er das Pferd abholen kann. Mit Kusshand. Und zwar, bevor jemand erfährt, dass dich die Stute abgeworfen hat. Mehrfach.« Stefanie schnaubte. »Über solche Dinge muss man doch nicht nachdenken.«

»Ich will sie aber nicht abgeben«, entgegnete Onkel Erik, und Frederike, die gerade schon verzweifelt gewesen war, jubelte nun innerlich. »Ich will sie zähmen, und dann können wir über einen Verkauf nachdenken.«

»Ist das so?«, fragte Tante Edeltraut und lächelte süffisant. »Musst du nicht erst über deinen Rücken nachdenken?«

»Caramell ist ein außergewöhnliches Pferd. Sie wäre eine hervorragende Zuchtstute, wenn man ihr etwas Benehmen beibringen könnte. Ich werde das versuchen, und dann können wir immer noch entscheiden.« Onkel Erik starrte wütend auf seinen leeren Teller. »Gibt es jetzt noch Essen, oder bin ich umsonst heimgekehrt?«

»Ich serviere«, sagte Gerulis und trug zusammen mit Leni die Suppe auf. Danach gab es Kartoffeln, rote Bete und Soße. Der Mittagstisch war meistens schlicht. Die Mahlzeit sollte wärmen und satt machen. Und es sollte zumindest bis zum Abend reichen, wenn ein größeres Menü aufgetragen wurde.

Nach dem Essen saß Erik angespannt auf seinem Stuhl und rieb sich den Rücken.

»Liebster«, sagte Stefanie, »geh in die Wanne und dann ins Bett.«

»Ich muss zurück ins Gestüt«, sagte er und quälte sich hoch. »Wir haben einen Fall von Druse. Und das darf sich nicht ausbreiten.«

»Aber du reitest nicht Caramell …«

»Doch, natürlich.« Onkel Erik schnaubte und ging.

Am Nachmittag kam er humpelnd zurück zum Haus und ließ sich vorsichtig auf das Sofa sinken.

»Einen Drink?«, fragte Stefanie nur und zog eine Augenbraue hoch.

»Doppelt!«, seufzte Onkel Erik. »Bitte.«

»Du solltest wirklich ein heißes Bad nehmen«, meinte Tante Edeltraut, die strickend am Kamin saß.

Frederike schaute von ihrem Buch auf. »Welches Pferd hat denn die Druse?«

»Der neue Deckhengst«, brummte Onkel Erik. »Aber es scheint kein schlimmer Fall zu sein. Wir haben ihn jetzt isoliert, und er bekommt warme Umschläge. Die Lymphen sind ganz weich, und morgen werde ich sie öffnen.« Vorsichtig zog er seinen Stiefel und dann den Socken aus und rieb sich die Zehen.

»Was ist mit deinem Fuß?« Stefanie reichte ihm das Glas mit dem Bourbon.

»Das Mistvieh ist draufgetreten.«

»Caramell?«, fragte Frederike.

Er nickte nur.

»Ich finde, wir sollten sie wirklich verkaufen«, meinte Stefanie und schaute seinen Fuß an. »Der Nagel wird wohl abfallen.«

»Von Olechnewitz würde sie sofort nehmen.«

»Nein, Onkel Erik, das kannst du nicht machen«, sagte Frederike.

»Ich wäre dafür. Du bist ein hervorragender Reiter, und wenn selbst du dieses Pferd nicht in den Griff bekommst …«

»Aber es ist nicht Caramells Schuld«, sagte Frederike.

»Komm mir jetzt nicht wieder mit Tomasz«, sagte Onkel Erik verärgert. »Dieses Pferd ist ein Teufel und eine Gefahr. Man sollte es keulen.«

»Bevor du sie schlachtest, verkauf sie lieber«, sagte Tante Edeltraut.

»Aber … aber …«, sagte Frederike, »das kannst du nicht tun. Das darfst du nicht tun.«

»Ich werde noch eine Nacht darüber schlafen. Verdient hätte von Olechnewitz das Vieh«, brummte Onkel Erik.

Frederike stand auf und lief zum Stall. Caramell stand in ihrer Box. Sie war verschwitzt und dampfte. Wieder hatte Tomasz sie nicht abgerieben. Auch Wasser hatte sie keines. Frederike versorgte die Stute, die alles, ohne zu zucken, mit sich machen ließ. Dann streckte sie ihren Kopf zu Glumse, und die beiden Pferde kraulten sich wieder gegenseitig den Hals.

»Ich wünschte, ich könnte irgendetwas machen, damit du hierbleibst«, flüsterte Frederike traurig.

Kapitel 8

Am nächsten Morgen hielt Stefanie die Andacht. Onkel Erik konnte sich kaum bewegen – er hatte sich wohl die Rippen geprellt und blieb im Bett. Stefanie machte ihm Umschläge mit Retterspitz und ließ Schneider sein Lieblingsessen kochen.

Es schneite wieder, aber der Zauber wirkte nicht mehr für Frederike. Sie sorgte sich zu sehr um Caramell.

Am Nachmittag, nach dem Unterricht, ging sie hinunter in die Küche.

»Ei, Marjellchen«, sagte Lore. »Du kommst jerad richtich. Kannste helfen ausstechen de Plätzchens.«

Der Pfefferkuchenteig war sehr fest, und es kostete Frederike einige Mühe, ihn auszurollen. Immer wieder schaute Lore ihr über die Schulter.

»Musste machen fester«, sagte sie und schmunzelte.

Eines der Küchenmädchen bereitete neben Frederike einen Hefeteig zu. Frederike brauchte nicht zu fragen, wofür er gedacht war, denn die Köchin ließ gerade Speck in einer Pfanne aus, hackte Zwiebeln und Hühnerleber klein und würzte ordentlich mit Majoran. Sie gab alles in die Pfanne, und ein gar köstlicher Geruch füllte die Küche.

»Speckküchlein«, schwärmte Frederike.

»Sind firn Jnädigsten«, meinte die Köchin Schneider. »Liebt er doch so.«

»Ich auch«, gab Frederike zu.

»Erbarmung, jlaub schon, dattet jenügend sein werden, wirst was bekommen ab«, lachte Schneider.

Hinten auf dem Herd simmerte eine Fleischbrühe vor sich hin. Die Köchin setzte alle paar Tage eine Brühe aus Fleisch- und Gemüseabfällen an. Das war der Ansatz für die verschiedenen Suppen, von denen sie jeden Tag eine servierte. Heute Mittag hatte es eine deftige Kartoffelsuppe gegeben – für die Herrschaften mit Rauchwurst, für die Leute mit ordentlichem Bauchspeck.

Endlich hatte Frederike den Teig zu Lores Zufriedenheit ausgerollt. Lore nahm aus der großen Anrichte die Schachtel mit den Ausstechförmchen. »Dann man los«, sagte sie. »Ei, dasse se mir ja nur vorsichtig aufs Blech lechst, wa?«

Frederike gab sich alle Mühe.

Lore entbeinte derweil zwei Gänse, die am Morgen geschlachtet worden waren und deren Leber in die Speckkuchen kam. Die Karkassen warf sie in den großen Suppentopf. Die Brust wurde angestochen und gut gewürzt. Alles zusammen kam mit kleingeschnittenem Wurzelgemüse in eine große Kasserolle, wurde mit etwas Brühe übergossen und dann in den Ofen geschoben.

Es würde also Gans geben. Die Speckküchlein als Vorspeise und zum Nachtisch Eis. Ein anderes Küchenmädchen drehte schon seit einer Stunde die Eismaschine. Immer wieder hob Schneider den Deckel an und prüfte die Konsistenz. Nun war sie zufrieden, und das Mädchen durfte den inneren Behälter nach draußen in den Schnee stellen.

»Ei, jetz kannste Kartoschke schälen«, wies Schneider sie an.

Die Kartoffeln wurden im hinteren Teil des Souterrains gelagert. Da das Haus in einen kleinen Hang hineingebaut worden war, war dieser Teil kühl und wurde als Keller genutzt. Dort gab es auch keine Fenster wie in der Küche

und im Leutezimmer. Während die Mamsell und Gerulis oben in der Mansarde ihre Zimmer hatten, ebenso wie
Fräulein Hansen, schliefen die drei Küchenmädchen und
die beiden Hausburschen im Souterrain. Ihre Kammern
waren klein, und im Winter war es oft klamm. Schneider
wohnte in einem der kleinen Gesindehäuser am Stall, obwohl sie nicht verheiratet war. Das lag daran, dass schon
ihre Eltern auf dem Gut gearbeitet hatten und Schneider,
bis auf die Zeit, als sie ihre Ausbildung auf einem anderen
Gut machte, immer dort gewohnt hatte. Inzwischen waren die alten Leute verstorben, aber die Köchin durfte das
Haus und ihren eigenen kleinen Garten behalten.

Das Küchenmädchen kam mit einem Eimer voll Kartoffeln wieder und begann, sie flugs zu schälen. Frederike
bewunderte, wie flink das Mädchen, das etwa in ihrem
Alter war, die Aufgabe meisterte.

Sie selbst stach die Plätzchen aus und legte sie vorsichtig
auf das schon eingefettete Backblech. Bald war das Blech
gefüllt, und Lore schob es in den Ofen. Frederike nahm
den restlichen Teig, knetete ihn und rollte ihn wieder aus.
Dann nahm Lore das Nudelholz, rollte den Hefeteig nochmals aus und bedeckte ihn anschließend erneut mit einem
feuchten Tuch. Die Füllung für die Speckküchlein stand
schon bereit, und Frederike lief das Wasser im Mund zusammen.

»Ei, Speckflinsen, Jänseschirjel, Keilchen ausse Kartoschke, Eis – allet, wat de Jnädigste mag, da kanner sich
jebummfidelt fiehlen. Un hoffen we ma, dattet ihm morjen besserjet.«

»Ach, bestimmt«, sagte Frederike traurig, denn sie war
sich fast sicher, dass Onkel Erik Caramell verkaufen würde.

»Erbarmung, kennich nich vonnem Jnädigsten, datter
kränklich is. Isser sonst nie nimmer nich.«

»War de olle Kraje«, sagte Lore. »Ne Biest isse.«

»Nein, sie ist kein Biest. Es ist Tomasz. Er kann sie nicht leiden und behandelt sie schlecht.«

»Ei, der Tomasz, der weeß wat vonne Jäule«, meinte Schneider. »War schon immer hier auf'm Hof inne Stall.«

»Das weiß ich, aber er mag Caramell nicht, dabei kann sie ganz brav sein. Und Glumse liebt sie.«

Schneider verdrehte die Augen. »Liewe bei de Jäule? Nee, nee. Sei man nich dreidammlich, Marjellchen.«

Frederike wusch sich die Hände und ging nach oben. Sicherlich war Tomasz ein erfahrener Stallbursche, aber sie wusste auch, dass er Caramell nicht leiden konnte und schlecht mit ihr umging. Traurig ging sie in das Wohnzimmer, wo die beiden Tanten saßen und strickten.

»Na, Kind«, sagte Tante Edeltraut, »du kommst wohl aus der Küche? Man riecht es.«

»Besser als jedes Parfüm«, sagte Tante Martha. »Köstlich. Ich habe jetzt schon wieder Hunger.«

»Schneider macht Speckküchlein mit Gänseleberfüllung, Gans mit Klößchen und Rotkraut, und als Nachtisch gibt es Eis.«

»Für das Eis brauchen wir nur rauszugehen«, sagte Tante Edeltraut und lächelte. »Ich fürchte, die Temperaturen werden weiter sinken.«

»Dann schneit es immerhin nicht mehr. All diese Köstlichkeiten kocht Schneider? Gibt es einen Anlass?«, fragte Tante Martha und nahm die nächsten Maschen auf.

»Das sind doch alles Eriks Lieblingsspeisen. Steff hat Schneider darum gebeten; sie hofft, dass es ihn aufmuntert.«

»Wie geht es deinem Bruder denn?«

»Er hat Schmerzen«, sagte Edeltraut nachdenklich. »Und dabei ist er noch nie ein Jammerlappen gewesen.

Wenn es morgen nicht besser ist, sollte er nach Bromberg und zum Arzt.«

»Er wird sich doch nichts gebrochen haben?«

»Das will ich nicht hoffen!« Edeltraut seufzte und stand dann auf. »Ich werde noch einmal nach ihm schauen und seine Umschläge wechseln. Dieses Teufelspferd …«, schnaubte sie. »Ich hoffe, er verkauft es endlich.«

Frederike trat ans Fenster und sah in die Zuckerwattelandschaft. Draußen spielten Fritz, Gerta, Irmi und Gilusch im Schnee. Sie hatten Schneemänner gebaut und formten nun für ein Iglu Blöcke aus dem Schnee. Schneeengel zierten den Boden, und eine Schneeballschlacht hatten sie auch gemacht. Alle jauchzten fröhlich. Eigentlich hätte Frederike mitmachen sollen, aber ihr stand nicht der Sinn nach ausgelassenem Toben mit den jüngeren Geschwistern.

»Was ist mit dir, Freddy?«, fragte Tante Martha besorgt. »Geht es dir nicht gut?«

»Ach«, winkte Frederike ab. »Es ist nur …« Sie drehte sich um und setzte sich neben Martha auf das Sofa. »Es ist wegen Caramell.«

»Du hängst an dem Pferd, nicht wahr?«, sagte Martha mitfühlend.

»Es ist ein schönes Tier, so elegant.«

»Aber bösartig.«

»Das ist sie eben nicht. Ich glaube das nicht. Ich habe mich in der letzten Zeit mit ihr beschäftigt, und sie war immer brav. Sie ist etwas nervös, und sie ist vor allem unterfordert. Es hat sie ja keiner wirklich bewegt in den letzten Monaten. Sie kam nur auf die Weide und wieder zurück in den Stall. Aber sie braucht Beschäftigung.«

»Umso besser wäre es doch, wenn sie woanders hinkommt, dorthin, wo sich jemand mit ihr beschäftigt.«

»Aber Katharina von Olechnewitz quält ihre Pferde. Sie reitet sie so hart, dass sie nach wenigen Monaten kaum noch Gefühl im Maul haben. Bei ihr geht nichts ohne Sporen und Gerte. Das hat Caramell nicht verdient.«

»Du hast doch gesehen – sogar Erik kommt nicht mit dem Tier klar, Kind.« Tante Martha tätschelte ihren Arm.

»Es liegt aber nicht an ihr, Tante Martha, es liegt an Tomasz. Er quält sie.«

»Das glaube ich nicht.«

»Ich habe gesehen, wie er sie gehauen und getreten hat. Mit der Faust, mit einem Stock. Sie ist nahezu panisch, wenn er zu ihr kommt. Er reibt sie nicht trocken und putzt sie nicht. Er zieht den Sattelgurt zu eng an und schnallt die Trense so fest, dass Caramell nicht einmal kauen kann.«

»Wirklich?«, fragte Tante Martha nachdenklich. »Weiß dein Stiefvater das?«

»Ich habe versucht, es ihm zu sagen, aber er will es nicht hören. Er hält große Stücke auf Tomasz.«

»Dann kannst du es nicht ändern, Freddy. Manche Dinge liegen nicht in unserer Hand, auch wenn wir es uns noch so sehr wünschen würden.« Martha seufzte wieder und nahm dann ihr Strickzeug zur Hand. »Möchtest du nicht auch einen Schal stricken? Wir brauchen noch Weihnachtsgaben für die Leute.«

»Na gut«, sagte Frederike. So entmutigt, wie sie sich momentan fühlte, konnte sie tatsächlich auch stricken.

Am nächsten Tag, es war Samstag, hielt Onkel Erik wieder die morgendliche Andacht. Er bewegte sich zwar immer noch etwas zurückhaltend, aber gebrochen hatte er sich wohl nichts.

Über Caramell verlor er kein Wort, und Frederike traute sich nicht, das Thema anzusprechen.

Samstags hatten die Kinder frei. Tante Edeltraut hatte recht behalten, die Temperaturen waren gefallen, und es hatte aufgehört zu schneien.

»Ob der Teich schon richtig zugefroren ist?«, überlegte Fritz. »Dann könnten wir Schlittschuh laufen.«

»Die Schlittschuhe müssen wir erst abschleifen. Sie liegen seit März im Schuppen«, meinte Frederike.

»Na und, Freddy? Das können wir ja tun.«

»Ohne Onkel Eriks Erlaubnis dürfen wir nicht auf den Teich«, gab Gerta zu bedenken.

»Wir können ihn ja fragen. Was ist los mit euch?«, stöhnte Fritz auf. »Ihr benehmt euch wie Mädchen.«

»Und du hast ein Benehmen wie eine offene Brause!«, gab Frederike zurück. »Dann schleif doch die Schlittschuhe und frag Onkel Erik, ich gehe ausreiten.«

»Ich komme mit«, sagte Gerta schnell. »Fips muss sowieso bewegt werden.«

Fritz verdrehte die Augen. »Ich werde ihn fragen. Und ich werde meine Schlittschuhe schleifen. Ihr könnt mir dann ja vom Ufer aus zusehen, ihr Langweiler.«

Die Mädchen zogen sich warm an und gingen dann zum Stall. Dort wartete Onkel Erik ungeduldig.

»Du willst auch ausreiten?«, fragte Gerta. »Geht es dir dafür denn gut genug?«

»Ach Kind«, sagte Erik, »ich muss zum Gestüt und nach dem Hengst sehen. Eigentlich wollte ich gestern schon seine Geschwülste öffnen …«

»Aber … aber …«, stotterte Frederike. Doch dann kam Tomasz und brachte Onkel Eriks Hengst Abraxas. Er nahm also diesmal nicht Caramell. Das war kein gutes Zeichen …

»Was denn, Freddy?« Erik sah sie an.

»Ähm … Fritz meint, es sei kalt genug, um auf dem Teich Schlittschuh zu laufen.«

»Das will ich erst überprüfen. Vorher geht ihr mir nicht aufs Eis, habt ihr mich verstanden?« Ächzend stieg er in den Sattel.

»Ja, Onkel Erik«, sagten beide Mädchen und winkten ihm hinterher.

Auch Tomasz sah ihm nach und schüttelte dann den Kopf. »Ei, nur jut, datter die Stute nich jenommen hat«, murmelte er. »Und wat wollt ihr Marjellchen hier?«

»Ausreiten.«

»Na, dann macht mal eure Ponys scheen fertich, wa?« Tomasz stapfte zurück in den Stall.

»Ich kann ihn gar nicht mehr leiden«, sagte Frederike.

»Er geht zu Glumse«, flüsterte Gerta. »Lass uns ihn beobachten.«

»Wenn er weiß, dass jemand da ist, wird er nichts tun. Und Glumse … niemand kann Glumse etwas antun. Ein friedfertigeres Pferd gibt es nicht.«

»Dann meinst du, es ist nur Caramell, die er schlecht behandelt?«

»Vielleicht ist sie ihm mal aus Versehen auf den Fuß getreten, und seitdem mag er sie nicht mehr«, mutmaßte Frederike.

»Wir beobachten ihn trotzdem.«

Die Mädchen holten die Putzsachen aus der Kammer, führten ihre Ponys in die Stallgasse und banden sie an. Tomasz hatte Glumse herausgeholt und putzte ihn. Er machte es zwar nicht mit Hingabe, aber ordentlich. Auch kratzte er die Hufe aus. Dann mistete er die Box aus, gab frische Einstreu hinein und füllte Futter und Wasser auf.

Frederike und Gerta ließen sich Zeit. Sie kämmten Mähne und Schweif ihrer Ponys und warfen immer wieder verstohlene Blicke nach hinten – Tomasz schien es nicht zu bemerken. Nun ging er zu Caramells Box. Er sah durch die Tür und seufzte dann. »Du dammicher Deuwel«, sagte er. »Ei, hoffen we ma, datte bald nicht mehr bist bee uns auf'm Hof.«

Er öffnete die Tür, und Frederike hielt die Luft an. Das Pferd wieherte nervös und wich zurück. Tomasz drohte ihm mit erhobener Faust und befestigte den Führstrick am Halfter.

»Bleedes Viech!«, schimpfte er und zog sie brutal in die Stallgasse. Wieder band er sie sehr kurz an. Dann ging er in die Box, mistete oberflächlich aus, führte das Pferd wieder zurück und gab ihr zum Abschied einen kräftigen Hieb auf die Hinterbacke.

»Du hast sie nicht geputzt«, sagte Gerta empört. Ihre Worte hallten durch die Gasse.

»Wat?« Tomasz kam auf die Mädchen zu. »Wat willste?«

»Du hast Caramell nicht geputzt. Du hast noch nicht einmal ihre Hufe ausgekratzt.«

»Is dat deen Ding? Oder awwer isset meens? Meene Arbeit, meene Sache. Halt dich raus, Marjellchen«, drohte er ihr.

»Du musst ihr doch wenigstens die Hufe auskratzen, sonst bekommt sie Fäule. Und die Box hast du auch nicht richtig ausgemistet«, sagte nun Frederike.

»Dat is keen Klepper, dat is nen Deuwel. Kannst ja ma probieren, auszukratzen die Hufe.« Er lachte, es klang nicht belustigt. »Mach meene Arbeit, brooch keene Kinders, die mir wat reinreden.« Dann stapfte er zur Sattelkammer.

»Ich würde es mich nicht trauen«, flüsterte Gerta.

»Warum? Sie ist gar nicht so böse.« Frederike ging zur letzten Box. »Hey«, sagte sie leise. »Caramell, ich bin es. Komm her.«

Die Stute sah sie mit großen Augen an, die Ohren nach hinten gelegt. Dann schnaubte sie, schnaubte noch einmal, beruhigte sich. Ihre Ohren richtete sie nach vorne, dann senkte sie den Kopf und näherte sich langsam der Tür. Frederike ging hinein, nahm das Pferd vorsichtig am Halfter und legte den Strick an. Caramell folgte ihr in die Gasse. Sie ließ sich anbinden und tänzelte erst noch. Nachdem Frederike ihr aber einen schrumpeligen Apfel gegeben hatte, wurde das Pferd ruhig. Es gab jeden Huf ohne Probleme. Frederike kratzte die Hufe aus und striegelte Caramell. Sie füllte das Wasser auf, gab Heu in die Raufe und brachte die Stute zurück in die Box.

»Ich kann sie reiten, mich wirft sie nicht«, sagte sie leise.

»Phänomenal«, staunte Gerta. »Wie hast du das gemacht?«

»Ich weiß nicht. Vielleicht liegt es daran, dass ich nicht glauben kann, dass sie böse ist. Glumse würde kein böses Pferd mögen.«

»Das stimmt.«

Die beiden Mädchen sattelten ihre Ponys und ritten dann langsam zum Wirtschaftsweg. Die Äste der Bäume waren schneebedeckt und hingen tief. Immer wieder fiel ein Puderzuckerstaub von ihnen auf den Weg. Die Kristalle glitzerten in der tiefstehenden Sonne. Die Luft war klar und eisig kalt. Das Land war mit Eis und Schnee überzogen – es schien, als sei die Zeit angehalten worden.

Es dauerte eine Weile, bis die Ponys lockerer wurden und sie etwas an Tempo zulegen konnten.

»Komm, wir reiten über die Felder«, sagte Frederike. Die Hufe der Ponys hämmerten auf dem gefrorenen Boden, laute Trommeln, die eine Botschaft verkündeten: Hier kommen wir!

Sie lieferten sich ein Rennen, kehrten dann um, trabten noch ein wenig und ritten danach im Schritttempo zurück zum Stall. Dups und Fips dampften, Atemwolken standen vor den Nasen der Ponys und Reiterinnen. Doch langsam kühlten sie herunter, und als sie zum Stall kamen, mussten sie die Ponys nur noch ein wenig trockenreiben.

Frederike brachte Sattel und Zaumzeug in die Sattelkammer. Von Tomasz war nichts zu sehen, doch hinter der Putzkiste stand eine Flasche, die vorher noch nicht da gewesen war. Frederike nahm sie, zog den Korken heraus und schnupperte. Entsetzt schloss sie die Augen und drehte den Kopf weg – es war billiger Fusel. Sie verschloss die Flasche wieder und stellte sie zurück an ihren Platz.

Als sie an der Remise vorbeikamen, hörten sie Fritz' Stimme.

»Komm«, sagte Frederike zu Gerta. »Der ist bestimmt mit Dawid zusammen und plant Unfug.«

Gerta schmunzelte. »Jede Wette.«

»Du kannst Freddys Schlittschuhe haben, sie müssten dir passen«, meinte Fritz.

»Sagt wer?« Frederike schob die Tür auf und ging in die Remise. Die beiden Jungs saßen vor der Wagonette. Fritz hielt seine Schlittschuhe im Schoß und schliff die Kufen mit einem Schleifstein.

»Wo kommt ihr denn her?«, fragte Fritz und klang genervt.

»Wir waren ausreiten. Und was macht ihr hier?«

»Wir drehen Däumchen, siehst du doch«, sagte Dawid und lehnte sich zurück; er versteckte etwas hinter seinem Rücken.

»Nun werd mal nicht frech, du Bengel.« Frederike kniff die Augen zusammen. »Was hast du da?«

»Nichts.«

»Das sieht aber anders aus als nichts.« Sie ging zu ihm. »Das sind meine Schlittschuhe.«

»Ich wollte sie nur für dich schleifen«, log Dawid.

»Wer es glaubt, wird selig.« Frederike verdrehte die Augen. »Ich habe Onkel Erik gefragt – keiner darf auf das Eis ohne seine Erlaubnis.«

»Und außerdem müssen wir zurück zum Haus«, meinte Gerta. »Gleich ertönt sicher der erste Gong zum Essen.«

»Beim Essen können wir ja Onkel Erik noch einmal fragen«, sagte Frederike versöhnlich. »Was ist denn mit deinen Schlittschuhen, Dawid?«

»Zu klein geworden«, sagte er leise.

»Na, kannst dir meine borgen«, sagte Frederike. »Wenn du sie ordentlich abschleifst.« Sie zwinkerte ihm zu.

»Schleifst du meine auch ab?«, fragte Gerta.

»Ich bin ja nicht dein Pachulke«, sagte Dawid. Dann aber stieß er sie in die Seite. »Klaro, mach ich doch für dich.«

»Du bist knorke, Dawid.« Gerta strahlte ihn an. »Ich bring dir nachher auch ein paar Stullen mit.«

Zum Glück hatte Köchin Schneider ein großes Herz – nicht nur für die Kinder der Herrschaft, sondern auch für die Kinder der Leute und Instmänner. Oft waren die Familien groß, die Töpfe aber nicht voll. Vor allem am Ende des Winters wurde es für viele Familien schwierig. Dann kochte sie halt die doppelte Menge an Eintopf, buk ein paar Brote mehr. Man wusste und unterstützte es, auch wenn man nie groß darüber sprach.

Kapitel 9

Eine große Treibjagd«, sagte Fritz. Seine Augen leuchteten, und seine Wangen waren gerötet.

»Ein Jägerball«, sagte Gerta träumerisch. »Das wird phänomenal.«

»Es ist noch zwei Wochen hin«, meinte Frederike und schraubte ihre Schlittschuhe fest. Sie überprüfte die Riemen – alles saß. Dann stakste sie vorsichtig am Steg entlang auf den großen Teich. Onkel Erik hatte ihnen die Erlaubnis gegeben, auf dem vorderen Teil des Teiches zu laufen. Nach hinten, dort, wo der Bachzufluss war, war es streng verboten. Egal, wie kalt die Winter waren, dort gab es immer noch eine leichte Strömung, und das Eis konnte brüchig sein.

In zwei Wochen, Ende November, würde es auf Fennhusen eine große Treibjagd geben, und anschließend wollte Stefanie einen Ball veranstalten. Jetzt schon drehte sich fast alles nur darum.

»Ich weiß nicht«, hatte Onkel Erik beim Frühstück gesagt, »ob wir die Jagd nicht abblasen müssen.«

»Warum? Nein!«, hatte sich Stefanie empört.

»Ich habe den Hengst zwar isoliert, und ich denke, er wird die Druse bald überstanden haben, aber dennoch ist es ein Risiko.«

»Aber die Jagdpferde kommen doch gar nicht in den Stall des Gestüts. Es wäre albern, alles abzusagen. Außerdem freue ich mich so darauf. Wir haben schon ewig kein größeres Fest mehr abgehalten.«

»Das ging ja auch nicht«, hatte Tante Edeltraut spitz gesagt. »Entweder warst du schwanger oder hattest gerade entbunden.«

»Und deshalb werden wir es nicht absagen.«

»Ich hoffe«, sagte Fritz und folgte Frederike auf den Teich, »Onkel Erik lässt mich diesmal an der Jagd teilnehmen.«

»Das werden wir doch alle.«

»Ich will aber schießen und nicht treiben.«

Frederike lachte auf. »Du glaubst doch selbst nicht, dass er dich schießen lässt.«

»Aber warum denn nicht? Ich bin schon vierzehn. Bald bin ich erwachsen.«

»Wenn du bald erwachsen bist, bin ich die Königin von England«, prustete Frederike. Vorsichtig setzte sie einen Fuß vor den anderen, nahm etwas Schwung und glitt auf das Eis. Zuerst war es immer ungewohnt und holperig, aber schnell fand sie wieder in den Rhythmus. Sie ließ sich gleiten und lief einen Kreis. »Komm, Gerta, es ist ganz herrlich.«

Gerta zögerte.

»Soll ich mitkommen?«, fragte Dawid. »Ich gehe neben dir und halte dich«, bot er ihr an. Frederike hatte ihm versprochen, dass sie sich abwechseln würden.

»Das würdest du tun?«, fragte Gerta.

»Na sicher.« Er nahm ihre Hand und führte sie auf den Teich.

Es dauerte nicht lange, dann fuhren alle drei Geschwister, als hätten sie nie etwas anderes getan. Dawid ging zurück ans Ufer und schaute ihnen zu. Nach einer Weile fuhr Frederike zum Steg. Sie schraubte die Schlittschuhe ab und gab sie Dawid.

»Wirklich?«, fragte er unsicher.

Frederike nickte. »Ich wollte sowieso noch einmal zum Stall und nach Dups sehen.« Das war allerdings nur die halbe Wahrheit. Natürlich wollte sie auch nach Caramell schauen.

Flink schraubte sich Dawid die Schlittschuhe an seine Stiefel und ließ sich auf das Eis gleiten.

Als Frederike an der Remise vorbeikam, sah sie, dass die Kufen des großen Schlittens geschliffen wurden. Sie freute sich auf die Fahrten durch den verschneiten Wald, das Klingeln der Glöckchen und die schweren Schritte des Kaltblüters.

Sie schob die große Tür zum Stall auf – es war niemand zu sehen. Nur das gemütliche Kauen und leise Schnauben der Pferde war zu hören. Sie ging zu Dups, gab ihr eine Möhre, kraulte das Pony unter der Mähne. Dups lehnte sich vertrauensvoll an sie. Frederike stellte fest, dass das Pony zwar Hafer und Heu hatte, die Tränke jedoch leer war. Sie verließ die Box und schaute bei den anderen Pferden nach. Keines hatte Wasser bekommen. Nachdenklich öffnete sie die Tür zur Sattelkammer. Dort saß Tomasz und trank. Frederike blieb in der Tür stehen. Er sah sie wütend an. »Verschwinde«, maulte er.

»Keins der Pferde hat Wasser.«

»Ja, ja. Mach ich schon, später. Un nu jeh wech!«

Verwundert verließ Frederike den Stall. Irgendetwas stimmte nicht mit Tomasz. Er war doch früher nicht so gewesen.

Im Haus saßen Mutter, Tante Edeltraut, die Mamsell und die Köchin zusammen im kleinen Salon. Sie besprachen die Jagd und den anschließenden Ball. Es war ein großes Ereignis für das Gut und musste sorgfältig geplant werden.

Frederike zog sich um und setzte sich dann still an den

Kamin im kleinen Salon. Sie überlegte, ob sie ihr Buch nehmen und so tun sollte, als ob sie lese, oder ob es geschickter wäre, sich handarbeitlich zu betätigen. Eigentlich wollte sie natürlich hören, was die Damen des Hauses planten. Sie entschied sich für die Socken und nahm das Strickzeug aus dem Korb.

»Nun gut, die Suppe steht. Da vertraue ich Ihnen voll und ganz, Schneider«, sagte Mutter. Sie sah zu Tante Edeltraut. »Wie viele Übernachtungsgäste werden wir haben?«

Tante Edeltraut setzte die Brille auf die Nase und öffnete ihr Buch, in dem sie alles notierte, was für den Gutshaushalt wichtig war.

»Bisher haben wir nur acht Übernachtungsgäste. Insgesamt werden wohl zwanzig Gäste kommen, aber ein Teil wird nach dem Ball wieder nach Hause fahren, so wie die von Olechnewitz und die von Hermannsdorf. Angekündigt hat sich auch unser Cousin Julius von Fennhusen mit seiner Frau. Ob sie bleiben oder wieder fahren, weiß ich noch nicht. Ich werde ihm schreiben.« Sie machte sich eine Notiz. »Wenn es bei den acht bleibt, brauchen wir fünf Gästezimmer. Wir haben drei Ehepaare. Die von Larum-Stil bringen ihre Tochter Thea mit.«

Frederikes Herz hüpfte freudig auf. Thea war ihre beste Freundin, doch da die Familie von Larum-Stil in Berlin wohnte, sahen sie sich nur selten.

»Und natürlich kommt auch Ax von Stieglitz.«

»Der liebe Ax«, sagte Stefanie gedankenverloren. »Hat er immer noch keine Frau gefunden?«

»Er scheint es nicht eilig zu haben«, meinte Tante Edeltraut.

»Hätten wir denn eine potentielle Kandidatin für ihn? Nicht, dass er nur mit uns langweiligen Matronen tanzen muss.«

»Von Olechnewitz bringt seine Tochter Katharina mit, die Wollnikovs ihre Töchter Elisabeth und Klara. Alle drei sind schon in die Gesellschaft eingeführt, also mindestens achtzehn.«

»Wunderbar.«

»Dürfen wir auch teilnehmen?«, fragte Frederike.

»An der Jagd? Natürlich. Erik rechnet fest mit euch dreien und auch mit den Instkindern.«

»Als Treiber, ja. Ich meinte aber den Ball.«

»Nein, dazu seid ihr noch zu jung.«

»Und Thea?«

»Auch Thea wird nicht am Ball teilnehmen. Auf Ideen kommst du manchmal.«

»Aber sie bleiben hier? Dann kann Thea doch bei mir schlafen.«

Stefanie sah Tante Edeltraut an. »Das ist eine gute Idee. Dann können wir es uns sparen, eins der Gästezimmer herzurichten und zu beheizen.«

Die Mamsell machte sich daraufhin eine Notiz in ihrem Buch. »Wie stellen Sie sich den Ball vor, Gnädigste?«

»Nun, da die Jagdgesellschaft mittags ja einen kräftigen Eintopf bekommt, reicht es, wenn wir zur Begrüßung nur ein paar Häppchen reichen.« Sie sah die Köchin an.

»Ei, sicher. Hab schon ieberljcht. Kiennen wir machen Gurkenhäppchen, gefillte Eier, Sardellen.«

»Das darf schon etwas mehr sein«, sagte Stefanie lächelnd. »Ich will in Bromberg Kaviar und Hummer bestellen, und wenn ich sie bekomme, dann auch Austern.«

»Erbarmung, des is wunderbar, kiennen wir machen feene Dinje«, sagte Schneider und nickte.

»Dazu gibt es Champagner, den ich auch noch bestellen muss.« Nun machte sich Stefanie eine Notiz. »Die Musiker aus dem Dorf werden kommen und aufspielen.

Natürlich werden wir auch das Grammophon aufstellen, so dass auch Charleston getanzt werden kann.«

»Es gibt also Häppchen im Stehen?«, versicherte sich die Mamsell noch einmal. Stefanie nickte. »Und dann soll schon getanzt werden?«

»Ja. Ich denke, in etwa bis zehn Uhr. Dann sollte es ein kleines Menü geben. Am besten Wild, passend zur Jagd.«

»Ei, dann muss der Jnädigste awwer noch was schießen vorde Jagd. Ham nur noch een Reh inne Eeskeller«, sagte Schneider nachdenklich.

»Oder wir schlachten«, schlug Tante Edeltraut vor.

»Rind muss ooch abhänjen«, sagte die Köchin.

»Ich spreche mit meinem Mann darüber. Es muss nichts Großes sein – ein Süppchen, einen Hauptgang, ein Nachtisch – vielleicht Ihr köstlicher Schokoladenpudding?«

»Aber wo soll das Diner serviert werden?«, fragte die Mamsell.

»Nun, wir öffnen die Schiebetür zwischen Esszimmer und großem Salon und verlängern den Tisch.«

»Und wo wird getanzt?«

»Früher haben wir doch auch die beiden Zimmer leer geräumt bei Feierlichkeiten und dort getanzt«, sagte Stefanie.

»Dann haben wir aber erst danach gegessen«, überlegte Tante Edeltraut. »Wie wäre es, wenn wir in der Halle und im großen Salon tanzen. So kann im Esszimmer schon einmal alles vorbereitet werden. Wenn es dann das Diner geben soll, gehen alle in die Diele, die Leute öffnen die Schiebetür, verlängern den Tisch und decken schnell ein.«

»Das müsste gehen«, sagte die Mamsell nachdenklich. »Wenn ich darf, würde ich das gerne ausprobieren, auch um zu schauen, wie viel Zeit wir brauchen.«

»Schneider – gibt es noch irgendetwas, was wir wegen des Diners bedenken müssen?«

Die Köchin schüttelte den Kopf. »Ei, ich muss wissen, watwe servieren, allet andere lassen Se man nur meene Sorje seen, Jnädigste.«

»Und für das Frühstück?«

»Na, det is nu ooch keen Problemchen, wa?« Schneider lachte. »Da hab ich schon so manch andere Kompanie verkösticht.«

»Gut. Mamsell? An was müssen wir noch denken?«

»Die Mädchen haben schon angefangen, das Silber zu putzen. Die guten Gläser müssen noch poliert werden. Und eigentlich wollte ich den frischen Schnee nutzen, um die Teppiche ausschlagen zu lassen. Aber vielleicht sollten wir sie nur kehren und das große Ausklopfen erst nach dem Fest machen.«

Stefanie lachte auf. »Das stimmt.« Dann klappte sie ihr Buch zusammen. »Ich werde klären, was wir an Fleisch anbieten können. Falls Ihnen noch etwas einfällt, was wir bedenken müssen, dann scheuen Sie sich nicht, es anzusprechen.«

»Wir werden mit dem Personal nicht hinkommen«, meinte die Mamsell nachdenklich. »Ich werde ein paar Frauen aus dem Dorf fragen, aber wir bräuchten auch Leute, die oben helfen.«

»Ganz sicher können wir ein oder zwei Diener und ein paar Hausmädchen ausleihen«, sagte Tante Edeltraut. »Darum kümmere ich mich. Cousin Julius könnte Personal mitbringen, wenn sie hier übernachten. Dann bräuchten wir allerdings auch noch Kammern für sie.«

»In der Mansarde ist genügend Platz. Ich werde dafür sorgen, dass die Kammern bereitstehen.«

In den nächsten zwei Wochen brummte es im Haus wie in einem Bienenstock. Vom Dach bis ins Souterrain wurde gekehrt, geputzt, gewienert und gebohnert.

Frauen aus dem Dorf kamen, um bei der zusätzlichen Wäsche zu helfen. Der große steinerne Kessel in der Waschküche wurde wieder und wieder mit Lauge gefüllt, die Leinen und Laken geknetet, gewrungen, in kaltem Wasser ausgespült, durch die Mangel gedreht und dann schließlich in den Hof gehängt. Im Frost trockneten sie schnell. Im Wäschezimmer wurden die Bügeleisen wieder und wieder auf den Ofen gestellt. Die Frauen wechselten sich bei der harten Arbeit ab. Dabei verloren sie aber nie ihre gute Laune, stellte Frederike fest. Es wurde geschwatzt und gesungen. Köchin Schneider unterstützte das Ganze mit leckeren Schnitten, kräftiger Brühe und viel starkem Kaffee.

Die Frauen sangen:

»Ach, wieher, wieher, mein braunes Pferdchen,
trabe munter durch den Ort.
Es wird uns hören meine Geliebte,
am Fensterlein steht sie dort.

Hat uns gehört und kam nach draußen:
Lang hab ich dich nicht gesehn!
Warst du nicht zu Hause, hast mich vergessen,
ließ Mutter dich nicht fortgehn?

Hielt mich nicht Mutter, war auch zu Hause,
nur die Schwester warnte mich:
Reite nicht, Bruder, es kann dir schaden,
lachen könnt sie über dich!

Schämst du dich meiner, dann muss ich weinen,
denn mein Herze schlägt für dich.
Tritt ein, Geliebter, ins kleine Stübchen,
glücklich sollst du bei mir sein.

Tralala, tralalala.«

Frederike lauschte den Liedern. Und besonders dieses Lied mochte sie. Die Hektik hatte noch ein Gutes – über den Verkauf von Caramell hatte Onkel Erik kein Wort mehr verloren. Aber er hatte die Stute auch nicht mehr geritten. Allerdings schien ihm auch Tomasz' verändertes Verhalten und die schlechte Pflege der Pferde aufgefallen zu sein. Er ließ Tomasz in sein Büro kommen und sprach lange mit ihm. Danach wurde einer der Stallburschen aus dem Gestüt zum Hausstall geschickt, um Tomasz zu unterstützen.

Frederike hoffte, dass Caramell nun doch würde bleiben können.

In den Tagen vor dem Ball hatten sie nur bis mittags Unterricht, denn jede helfende Hand wurde gebraucht. Fräulein Hansen musste mit anpacken, und auch den Kindern wurden Arbeiten zugeteilt, die sonst die Mädchen machten. Sie mussten das Geflügel füttern, die Abfälle zu den Schweineställen bringen, beim Misten helfen, und auch in der Küche gab es allerhand zu tun.

Am Sonntag vor dem Fest beschloss Onkel Erik, auf den Ansitz zu gehen.

»Darf ich mit?«, fragte Fritz am Abend zuvor.

Onkel Erik überlegte. »Na gut, warum eigentlich nicht?«

»Oh, wunderbar!«, freute sich Fritz.

»Aber wir gehen morgen in aller Frühe los«, gab Erik

zu bedenken. Dann sah er Frederike an. »Was ist mit dir? Willst du auch mitkommen?«

»Ich?« Frederike war überrascht.

»Du kannst schießen, genau wie Fritz, das habe ich euch beigebracht. Und übernächstes Jahr wirst du sowieso in die Jagdgesellschaft eingeführt, du könntest dich jetzt schon darauf vorbereiten.«

»Dürfen wir auch schießen?«, fragte Fritz aufgeregt.

»Das werden wir mal abwarten. Wenn ich schnell ein ordentliches Stück Wild ansprechen und einen sauberen Schuss anbringen kann, dann vielleicht.«

»Und am Samstag, bei der Jagd – dürfen wir da auch mit?«, fragte Fritz wieder.

»Natürlich nicht, mein Junge«, lachte Onkel Erik. »Ihr werdet brav mit treiben.«

Fritz zog einen Flunsch. »Schade.«

»Immerhin dürfen wir ja morgen früh mitgehen«, gab Frederike zu bedenken.

»Zieht euch nur warm an«, sagte Tante Edeltraut. »Es ist bitterkalt.«

»Morgen werde ich um halb sechs die Andacht halten, und danach gehen wir los. Stefanie, lass uns ein zweites Frühstück einpacken und heißen Tee.«

Und so brachen sie am Sonntagmorgen nach dem Frühstück, aber noch vor dem Sonnenaufgang auf. Onkel Erik hatte Glumse an den kleinen, wendigen Schlitten spannen lassen. Es gab dicke Pelzdecken und darin zwei Wärmflaschen. Frederike trug stolz den Korb, in dem sich das zweite Frühstück befand. Sie stellte ihn auf den Boden des Schlittens und bedeckte ihn mit einem Teil der Decken, damit der Tee und die heiße Suppe auch warm blieben. Die Kanne und der Henkelmann waren zwar in einem

Korkmantel und noch extra mit Zeitungspapier umwickelt, aber es war wirklich bitterkalt. Frederike und Fritz kuschelten sich hinten in die Decken ein, während Onkel Erik auf den Kutschbock stieg. Die Glöckchen waren abgenommen worden, aber Hans hatte die Petroleumlampe angezündet, die ein warmes Licht auf den Schnee warf und alles verwunschen wirken ließ.

Onkel Erik hatte die Gewehre und die Munition gut verstaut und warf noch einen Blick auf die Kinder. »Alles bereit?« Sie nickten, er schnalzte, und schon setzte sich Glumse schnaubend in Bewegung. Erik lenkte den Schlitten zu Frederikes und Fritz' Erstaunen auf die Chaussee und fuhr dann rechts um das Dorf herum.

»Du fährst ja gar nicht zu dem Ansitz an der großen Lichtung«, sagte Fritz. Dort befand sich der Hauptwildwechsel.

»Ich bin doch nicht des Teufels«, sagte Onkel Erik schmunzelnd. »Dort kirren wir schon seit Tagen, damit wir nächste Woche zur Jagd auch ein anständiges Ergebnis erzielen. Es wäre doch peinlich, wenn das Wild uns abspringen würde. Ich will den Wechsel nicht verderben.«

»Dann nimmst du den Ansitz am kleinen Maisfeld hinter dem Friedhofswald?«, fragte Frederike.

»Das hast du lupenrein erkannt, Fräulein. Ich weiß, dort ist ein Acker, den sie zur Winteräsung nutzen – er liegt in einer Senke und ist etwas windgeschützt, deshalb liegt der Schnee nicht so hoch. Außerdem habe ich auch dort kirren lassen. Und sollten wir kein Schmalwild bekommen, lebt dort auch noch eine Rotte. Dann gibt es eben Wildschwein.«

»Ist es nicht zu spät? Die sind doch schon in der Rausche.«

»Einen Keiler werde ich ganz bestimmt nicht schießen, Fritz«, sagte Erik amüsiert. »Aber eine Jungsau? Warum nicht?«

»Schneider sagt, rauschige Wildschweine kann man noch nicht einmal zu Wurst verarbeiten«, meinte Frederike.

»Nun, dann lasst uns auf ein paar Rehe hoffen.«

Vor dem Friedhofswald ließ Erik Glumse an einem windgeschützten Platz anhalten. Er hängte ihm einen Futterbeutel um und legte eine Decke über das Tier. Dann nahm er die Gewehre und die Munition.

»Ab jetzt kein Wort mehr«, flüsterte er den Kindern zu. »Folgt mir. Und seid vorsichtig – nicht auf Äste treten.« Langsam führte er sie einen schmalen Pfad entlang, der durch den Schnee kaum zu erkennen war. Ganz langsam dämmerte der Morgen, das Licht war nur zu erahnen. Doch Frederike sah, dass dieser Pfad in den letzten Tagen benutzt worden war – der Schnee war niedergetrampelt und fest. Eine dünne Eisschicht hatte sich gebildet, die nun unter ihren Schritten knirschte. Das aber schien Erik nichts auszumachen. Er brachte sie zu einem Ansitz und winkte ihnen, hochzuklettern. Jeder hatte eine der Decken aus dem Schlitten mitgenommen, und nun schlugen sie die Decken um sich.

Leni hatte den Kindern zwei dicke Paare Wollsocken mitgegeben, zudem trugen beide eine Strumpfhose aus Schafwolle, die zwar elendig kratzte, aber auch gut wärmte. Sie hatten Drillichhosen an, gestrickte Unterwäsche, zwei Hemden, Pullover und darüber dicke Jacken. Mütze, Schal und Fäustlinge vervollständigten ihre Kleidung. Gut bewegen konnten sie sich darin nicht, aber bisher war ihnen nicht kalt. Die Stiefel waren mit Zeitungspapier ausgestopft – im Winter bekamen sie immer Stiefel, die eigentlich eine Nummer zu groß waren, damit sie so noch isoliert werden konnten.

Still saßen sie da, Onkel Erik hielt das Gewehr und schaute auf das Feld. Langsam färbte sich der Himmel. Erst war es nur ein Hauch, nur das Sehnen nach Licht, dann wurde der Himmel bleich und heller. Immer noch gab es keine Farbe, alles war in Grautöne getaucht. Im Gebüsch knackte es, Schnee rieselte von den Ästen – auch die Natur schien zu erwachen. Langsam kamen die ersten Farbtöne – ein schüchternes Rosa, ein zartes Blau. Noch lag Nebel über dem Feld, doch die ersten Strahlen der Sonne berührten nun die erstarrte Welt und schienen sie aufzuwecken.

Plötzlich spannte sich Onkel Erik an, nahm ganz langsam das Gewehr hoch. Frederike suchte den Waldrand ab, konnte aber nichts erkennen. Sie und Fritz hielten den Atem an. Da war es plötzlich – ein Sprung Rehe, die zuerst vorsichtig, dann immer sicherer auf das Feld traten. Onkel Erik legte das Gewehr an, doch dann senkte er die Flinte wieder und kniff die Augen zusammen.

Von der anderen Seite des Waldes kam ein kapitaler Hirsch auf den Acker. Es gab nicht viel Rotwild hier, meistens zogen sie nur durch. Und so einen stattlichen Hirsch hatte Frederike überhaupt noch nicht gesehen. Sie wusste von den Erzählungen aus der Rominter Heide, wo einst der Kaiser Rotwild jagte, und hatte Bilder gesehen. Dieser Hirsch war vermutlich durch das Futter, das Onkel Erik hatte auslegen – kirren – lassen, angelockt worden. Sie und Fritz erstarrten. Onkel Erik hob langsam das Gewehr, zielte. Der Knall war ohrenbetäubend, hallte über den Acker, fing sich am Waldrand und kam als Echo zurück. Ein paar Elstern flogen erschrocken auf, und auch die letzten Wildenten, die manchmal sogar hier überwinterten, erhoben sich laut schnatternd in die Lüfte. Die Rehe schienen zu versteinern, aber nur für einen winzigen Augenblick, dann stoben sie davon, zurück in die Deckung des Walddickichts. Der Qualm stand vor dem Ansitz und nahm ihnen die Sicht, wie dichter Nebel. Weil es so kalt und so windstill war, dauerte es einen Moment, bis er sich verzog. Onkel Erik holte zischend Luft, stand auf. Er hatte ihn getroffen, ein glatter Blattschuss.

»Hervorragend«, sagte er zufrieden und rieb die Finger aneinander.

»Phänomenal«, sagte Fritz voller Ehrfurcht.

»Wie hast du ihn gesehen?«, fragte Frederike. »Da war doch das Schmalwild, und du wolltest schon schießen … aber dann … wie konntest du ihn entdecken?«

»Ich kann es dir nicht erklären, Kind. Ich habe es gespürt. Da war noch etwas … dort hinten … das wusste ich plötzlich. Hätte auch ein Wolf sein können oder so etwas.«

»Pahh!«, sagte Fritz. »Wölfe sind hier schon lange nicht mehr gesehen worden.«

»Der Winter könnte streng werden«, meinte Onkel Erik, »und dann kommen auch Wölfe aus dem Osten zu uns. Nun, es war ja zum Glück keiner.« Er stand auf. »Wir können hier abbaumen, hier haben wir jetzt alles Wild vergrämt. Ich werde die Burschen herschicken, um den Hirsch aufzubrechen, aus der Decke zu schlagen und nach Hause zu bringen.« Er klang sehr zufrieden.

»Das war es dann schon?«, fragte Fritz enttäuscht.

»Nein.« Onkel Erik klopfte ihm auf die Schulter. »Wir werden jetzt unser zweites Frühstück einnehmen, und dann fahren wir hinüber zum Mühlenweiher. Dahinter habe ich noch einen Ansitz, den ich selten nutze. Er liegt weit genug entfernt von der Jagdstrecke, und dort darfst du dein Glück versuchen. Und du natürlich auch, Freddy.«

Es war ein aufregender Morgen gewesen. Fritz hatte noch zwei Hasen erlegt. Frederike war nicht so erfolgreich gewesen, aber das machte ihr nichts. Die Stimmung hatte sie entschädigt – die Aufregung, die Anspannung und dann die Erleichterung, als es Beute gab.

Auf der Rückfahrt kuschelte sie sich in die Pelzdecken, denn trotz aller Schichten an Kleidung war die Kälte doch bis in ihre Knochen gekrochen. Schnell wurde ihr wieder warm. Glumses Hufe trabten gleichmäßig über den gefrorenen Boden, und der Schlitten schaukelte hin und her. Frederike schloss die Augen und schlief ein. In der Kutsche, aber noch mehr im Schlitten, eingemummelt in die dicken Decken, konnte man so herrlich schlafen.

Erst als sie den Hof erreichten, wurde sie wieder wach. Fritz hatte sich für die Rückfahrt neben Onkel Erik auf den Kutschbock gesetzt und mit ihm über die Jagd gesprochen. Natürlich gab es vorne auch Decken, so dass die beiden nicht froren. Und Glumse fand den Weg nach Hause sowieso von alleine.

Onkel Erik sprang vom Schlitten und gab Hans, der schon wartete, die Zügel.

»Und?«, fragte Hans. »Warn Se erfolchreich, Jnädigster?« Er schmunzelte.

»Jawohl, Hans, sehr sogar. Auf dem Maisfeld hinter dem Friedhofswald liegt ein Hirsch. Und Fritz hat uns noch zwei Hasen erlegt, die haben wir direkt mitgebracht. Igor soll sich zwei Burschen nehmen und die Beute versorgen. Jetzt kann der Hirsch noch ein paar Tage abhängen, dann wird Schneider aus ihm sicher lauter köstliche Leckereien machen.«

»Damwild? Wirchlich? Ei, dat is ja famos, Jnädigster«, sagte Hans. »Jlückwunsch.«

»Danke, danke!«

Frederike streckte sich und nahm den Korb, während Fritz stolz seine Beute trug.

»Ob Schneider daraus Ragout macht? Mit Backpflaumen und Flinsen?«, fragte er schwärmerisch und hielt die beiden Hasen an den Hinterbeinen hoch.

»Erst musst du sie häuten und ausnehmen. Aber du als Jäger darfst die Leber haben«, sagte Frederike nicht ohne Neid. »Mit Zwiebelchen und geschmorten Äpfeln.«

»Wir teilen«, sagte Fritz gutmütig. »Du eine und ich eine. Und die Nierchen kann sie uns sauer einlegen.«

Frederike leckte sich über die Lippen.

Schneider freute sich über das Jagdergebnis. Sie setzte sich sofort an ihren Tisch und wälzte ihre handgeschriebenen Rezepte. Diese waren meist ohne genauere Angaben, die Köchinnen wussten, was sie taten.

⁂

Am nächsten Morgen fuhren Stefanie und Tante Edeltraut nach Bromberg, um den Fischhändler aufzusuchen und die Bestellungen aufzugeben. Außerdem hatten sie wieder eine ganze Liste an Dingen, die noch gebraucht wurden. Hans fuhr sie mit dem Schlitten. Zwar konnte er das Automobil fahren, aber bei diesem Wetter war das oft sinnlos. Manche Straßen waren kaum geräumt, andere vereist.

»Bevor et de Automobiles jab, sindwe ooch zurechtjekommen«, sagte er und spannte Glumse an. »Wa?«

Tante Martha blieb zurück und überwachte das Polieren der Gläser, während die Mamsell sich darum kümmerte, dass ein Zimmer nach dem nächsten geputzt wurde.

»Wir brauchen noch Zinkwannen«, sagte sie. »Wir werden uns welche zusammenleihen müssen. Der Pfarrer hat eine und der Inspektor auch.«

»Aber wieso denn nur?«, fragte Tante Martha verwirrt. »Die Gäste kommen doch nur für einen Tag, die meisten zumindest.«

»Aber sie gehen auf die Jagd. Die Damen werden den Herren zuschauen, wenn sie nicht selbst schießen. Und sie werden von morgens bis zum frühen Nachmittag im Gelände sein. Danach wird sich jeder über ein heißes Bad freuen.«

»Mit uns sind wir doch mindestens dreißig Personen«, sagte Tante Martha entsetzt. »Die können doch nicht alle hier baden wollen?«

»Natürlich nicht«, lachte die Mamsell. »Die von Olechnewitz fahren sicherlich nach der Jagd zu sich nach Hause, um sich umzuziehen. Und bestimmt nehmen sie noch jemanden mit. So läuft das immer. Zum Schluss bleiben eigentlich nur die Familie und die Hausgäste übrig. Und die Kinder können unten in der Waschküche in die Wanne.«

»Ganz so wie früher«, sagte Tante Martha. »Ja, das waren noch Zeiten. Manchmal glaube ich, früher war alles besser, aber das stimmt nicht. Doch der Fortschritt ist beängstigend.« Sie nahm ihr Strickzeug auf.

Am Samstag sollten die Jagd und der Ball stattfinden. Am Donnerstag schienen alle unter Strom zu stehen. Es gab noch tausend Dinge zu erledigen, und ständig fiel jemandem etwas ein, was sie vergessen hatten. Am Freitag hatten die Kinder noch nicht einmal mehr morgens Unterricht. Während des ersten Frühstücks schaute Stefanie immer wieder nervös auf die Kaminuhr.

»Was hast du denn?«, fragte Erik. »Du machst mich ja ganz nervös.«

»Um zehn kommt der Zug. Und mit ihm Mimi und

Heinrich. Und außerdem sollen auf dem Zug auch die Austern, die Hummer und der Champagner sein.«

»Das ist doch gut«, sagte Erik, der sich als Einziger nicht von der allgemeinen Nervosität anstecken ließ. Er schlug die Zeitung auf, die Gerulis ihm gebracht hatte.

»Kommt Thea etwa nicht?«, fragte Frederike entsetzt.

»Doch, natürlich kommt auch Thea«, sagte Stefanie und seufzte. »Ist ihr Zimmer fertig?«

»Sie schläft doch bei mir, und ja, da ist alles vorbereitet«, erklärte Frederike.

»Die Sache wächst mir etwas über den Kopf«, stöhnte Stefanie.

»Aber nicht doch, Steff«, versuchte Tante Edeltraut sie zu beruhigen. »Ich glaube, wir haben alles gut im Blick. Und wenn etwas schiefgeht, dann geht es schief – aber davon geht die Welt nicht unter.«

»Darf ich mit zum Bahnhof fahren?«, fragte Fritz aufgeregt dazwischen.

»Nein, ihr müsst euch um das Geflügel und die Kaninchen kümmern. Und dann fragt die Mamsell, wo ihr noch helfen könnt«, beschloss Stefanie.

Während die ersten Gästezimmer schon bereit waren, wurden die nächsten noch fertiggemacht – die Betten waren überall bezogen worden, jetzt wurden die Öfen angeheizt. Die Mamsell überprüfte jedes Zimmer. Dort fehlten Kerzen, hier ein Nachttopf, und auch Handtücher mussten noch bereitgelegt werden. Nicht alle Zimmer hatten schon elektrisches Licht, also galt es, die Petroleumlampen aufzufüllen und die Dochte zu kontrollieren.

Im Souterrain herrschte der Ausnahmezustand. Schon seit Tagen schnippelten, buken, dämpften, rührten und kochten Schneider und Lore mit Hilfe der Küchenmädchen. Sie hatten Verstärkung aus dem Dorf bekommen, und die sonst so riesige Küche wirkte überfüllt. Schneider stand in der Mitte, stemmte die Fäuste in die Hüften und brüllte: »Erbarmung!«

Alle hielten inne und sahen sie an.

»Ei, wir sin nie nich een Hiehnerhaufen, wa? Awwer ihr schnattert un schnattert. Wir ham zu erledijen ne Aufjabe, und ich will, dass ihr seid fleesig. Ei, nu macht eure Arbeet un hirt of zu schnattern.« Sie schaute streng in die Runde. »Wenn ich zufrieden bin später, gibbet ooch ein Jankerchen. Un die Jnädigste hat versprochen een Obulus fir jede.«

Dann klatschte sie in die Hände, und alle machten sich wieder an die Arbeit. Sie mussten ja nicht nur das Diner vorbereiten, nein, es galt, das normale Gesindeessen zu kochen, dann ein Menü für heute Abend – mit den ersten Gästen. Am nächsten Morgen würde es ein kräftiges Jägerfrühstück geben, auch für die Treiber. Das zweite Frühstück nahm die Jagdgemeinschaft mit. Heute schon hatte Schneider den großen Waschkessel anheizen lassen. Dort simmerte ein kräftiger Eintopf, der, in kleinere Kessel gefüllt, mittags zum Jagdlager gebracht werden würde. Die Körbe mit den Tellern und Schüsseln und dem Besteck waren schon gepackt worden. Dazu gab es frisches Brot – Schneider hatte in der Woche etliche Laibe gebacken, die nun in Steinguttöpfen lagerten.

Vor dem Ball würde es zunächst Häppchen geben – überbackene Austern, Kaviar, gefüllte Eier und kleine Sandwiches. Schneider hatte Eier auf dem Markt hinzukaufen müssen, denn inzwischen legten die Hennen nur noch wenig.

Die Eier – sechzig Stück – waren schon gekocht und in den kühlen Vorraum verbracht worden.

Aber nicht nur die Herrschaft wollte am nächsten Abend etwas essen – auch die Leute, die Treiber und die

Dienerschaft der Gäste. Auch dies musste Schneider bedenken. Gegen zehn würde es dann das Diner geben – Hummersuppe mit Dill, Hirschbraten und Hirschragout, dazu Herzoginnenkartoffeln und feine Erbsen, und als Nachtisch ein Sorbet.

Schließlich hatte sie noch eine Mitternachtssuppe vorbereitet; die Stullen für die Dienerschaft würden sie erst nach dem Diner schmieren.

Aber das war noch nicht alles – am nächsten Morgen wurde natürlich auch noch ein Frühstück erwartet. In weiser Voraussicht hatte Schneider ein Fässchen Salzheringe bestellt. Nach einem Ball gehörte dies einfach dazu, genau wie Tomatensaft mit viel Salz und Pfeffer. Zum Glück hatten sie im Sommer reichlich Tomaten ernten und einkochen können.

Aber das Fest erforderte auch noch weitere Logistik aus der Küche – Geschirr, Besteck und Gläser mussten bereitgestellt, abgeräumt, gespült und abgetrocknet werden. Die beiden Spülmädchen des Gutes würden es alleine nicht schaffen, deshalb gab es auch hier Hilfe aus dem Dorf. Im Gesindezimmer türmte sich ein Berg aus Geschirrtüchern, frisch gewaschen und geplättet. Ein großer Trog stand bereit, dahinein würde eines der Mädchen die Reste von den Tellern leeren – später würden sich die Schweine und Hühner darüber freuen.

Das Gewinde des Speiseaufzuges und der Seilzug waren geschmiert und überprüft worden. Mit ihm würden das Geschirr und die Speisen nach oben und wieder zurück transportiert werden.

»Erbarmung, weeß jar nich, was wir wirden machen ohne de Aufzug«, seufzte Schneider und wischte sich über die Stirn. Draußen war es eisig kalt, aber in der Küche dampfte und brodelte es.

»Die ersten Gäste kommen«, rief jemand, und alle stürzten zu den Fenstern. Von hier aus hatten sie einen knappen Blick auf die Auffahrt zum Haus.

»Ei«, sagte Lore träumerisch. »Mecht wohl fahren in solch eene scheene Schlitten eenes Tajes.«

Glumse war kräftig geputzt und vor den großen Schlitten gespannt worden. Die Glöckchen klingelten eifrig. Das Eis und der Schnee glitzerten im Sonnenlicht – ein prächtiger Anblick.

»Thea!«, rief Frederike, die bis gerade Kartoffeln geschält hatte, und stürmte nach oben. Tante Mimi, wie sie Baronin Maria von Larum-Stil nannten, war Stefanies älteste Freundin. Und ihre Tochter Thea war schon immer die beste Freundin von Frederike. Früher, als Stefanie mit den Kindern noch in Potsdam gewohnt hatte, hatten sie sich oft sehen können, doch nun blieben ihnen nur wenige Besuche im Jahr und viele Briefe, die sie sich schrieben. Das hatte der Freundschaft aber bisher keinen Abbruch getan – immer, wenn sie sich sahen, war es so, als hätten sie sich gestern erst voneinander verabschiedet.

Stefanie stand schon auf der Eingangstreppe, Onkel Erik kam aus seinem Arbeitszimmer. Stefanie musterte ihn. »Du hast dich ja gar nicht umgezogen«, zischte sie. »Wie kannst du die Gäste in deinen alten Sachen begrüßen?«

»Es sind doch nur Mimi und Heinrich, die haben schon ganz anderes gesehen«, flüsterte Erik zurück und setzte ein freundliches Lächeln auf.

Ein Besuch von den von Larum-Stil war immer wie eine Wundertüte. Die beiden führten eine etwas turbulente Ehe, und man wusste nie, in welcher Stimmung sie gerade waren.

»Steff, wie wunderbar, mal wieder auf Fennhusen sein

zu können«, sagte Mimi und küsste ihre Freundin herzlich auf beide Wangen, bevor sie Erik die Hand reichte.

»Wie war die Fahrt? Hoffentlich nicht zu anstrengend.«

»Es war eine gute Entscheidung, mit dem Nachtzug zu fahren. So haben wir das meiste Theater im polnischen Korridor verschlafen. Die werden ja immer schlimmer mit ihren Kontrollen«, brummte Heinrich.

Es wurde eine herzliche Begrüßung. Und während der Kaffee im Salon serviert wurde, brachten die Burschen das Gepäck auf die Zimmer, wo es die Zimmermädchen auspackten. Die Bestellungen für die Küche wurden ins Souterrain gebracht.

Glumse hatte nur eine kurze Pause – mit dem Mittagszug würden weitere Gäste kommen.

Thea und Frederike sahen sich an und fielen sich um den Hals. »Willst du mit in den Salon?«, fragte Frederike.

»Und mir das Geschwafel anhören?« Thea verdrehte lachend die Augen. »Lass uns lieber hochgehen. Ich muss dir mein neues Kleid zeigen, Mutter hat es mir für den Ball gekauft.«

»Für den Ball?«, fragte Frederike verblüfft. »Wir sind noch nicht in die Gesellschaft eingeführt. Meine Mutter möchte nicht, dass ich teilnehme.«

»Also sprach der Großherzog, als das Heer vorüberzog …«, sagte Thea schmunzelnd.

»… und die Großherzogin sprach leise …«, ergänzte Frederike.

»… das regeln wir auf meine Weise«, beendete Thea den Spruch. Lachend und Arm in Arm gingen die beiden nach oben.

Sie tauschten die neuesten Neuigkeiten aus, wobei Thea wie immer mehr zu erzählen hatte als Frederike. Das

Leben in der Reichshauptstadt unterschied sich sehr von dem beschaulichen Alltag auf dem Gut.

»Freust du dich auf nächstes Jahr?«, fragte Thea.

»Ja, aber ich habe auch etwas Angst. Ich war noch nie länger alleine von zu Hause weg«, gestand Frederike. »Und erst muss ich die Abschlussprüfung in Bromberg schaffen. Fräulein Hansen treibt mich ganz schön an.«

»Ich möchte auch dorthin. Wäre das nicht phänomenal – du und ich zusammen im Internat?«, sagte Thea.

»Das wäre schnieke. Aber du brauchst doch noch ein Jahr länger bis zur Abschlussprüfung.«

Thea zuckte mit den Schultern. »Immerhin hätten wir ein Jahr zusammen. Und es würde das schönste Jahr unserer Jugend werden.« Sie ließ sich auf das Bett fallen. »Und nun erzähl mir alles von den Gästen, die kommen werden.«

»Viel Neues gibt es nicht zu sagen. Wir haben uns ja alle schon im Juli auf Steinort getroffen.«

Frederike hatte recht. Der Landadel war untereinander befreundet und oft auch verwandt. Eines der größten Ereignisse im Jahr war die Entenjagd in Steinort. Dort fand man sich zusammen, jagte die Wasservögel, trank, lachte, tanzte, aß und feierte. Hier wurden Verbindungen eingegangen, Pläne geschmiedet, Streit geschlichtet oder auch vom Zaun gebrochen. Neben dem gesellschaftlichen Ereignis standen auch Politik und Wirtschaft im Fokus. Manches Eheversprechen wurde hier gegeben oder auch gebrochen. Noch gehörten Thea und Frederike zu den Kindern, auch wenn sie fast erwachsen waren und ihre Figuren deutliche Rundungen zeigten. Sie hatten – vermutlich zum letzten Mal –, mit den anderen Kindern und Jugendlichen auf dem Heuboden geschlafen und dem Fest aus der Ferne zugeschaut. Im Gegensatz zu Thea lockte Frederike nichts auf den Ball – außer vielleicht die schönen Kleider mit ihren Fransen und Perlen, mit den Federn und Pailletten. Sie genoss es, im Schilf herumzustreifen, baden zu gehen und mit den anderen Fangen zu spielen. Bald, das war ihr bewusst, würde ihr Leben anders aussehen. Doch noch musste sie sich um ihre Zukunft keine großen Gedanken machen – anders als die jungen Frauen, die auch zu Gast auf Fennhusen sein würden. Die Jagden waren auch immer ein Treffpunkt, um Zu- oder Abneigung zwischen den Geschlechtern abzustecken.

»Elisabeth und Klara Wollnikov werden kommen«, erzählte sie Thea.

»Wozu? Fritz ist deutlich zu jung für sie.«

»Die von Olechnewitz bringen bestimmt ihre Söhne mit. Und sie haben einen Neffen zu Besuch, der ist schon älter – einundzwanzig, glaube ich. Außerdem kommt natürlich Karl von Hermannsdorf – den hast du bestimmt schon getroffen.«

»Der mit dem Schnauzer? Der so aussehen will wie Hindenburg, aber immer irgendwas im Bart hängen hat?«, fragte Thea schmunzelnd.

»Genau der. Ich meine ja, er wäre der Richtige für Katharina die Schreckliche.«

»Katharina kommt auch? Ist sie wieder zu Hause?«

Frederike nickte. »Ja, die höhere Mädchenschule hat sie im Sommer beendet. Dann ist sie mit ihrer Tante durch Europa gereist, allerdings bisher wohl erfolglos.«

»Der Mann, der sie nimmt, muss ein dickes Fell besitzen.«

»Oder so stumpf sein wie Karl.« Die beiden Mädchen giggelten vergnügt. Doch dann wurde Frederike ernst.

»Ich will nicht, dass Katharina kommt«, sagte sie leise.

»Oh, kommt dein Schwarm etwa auch? Dieser Ax von Stieglitz?«

Frederike knuffte Thea in die Seite. »Ja, aber nicht deshalb. Ax ist viel zu alt für Katharina, und für mich erst längst, er weiß doch gar nicht, dass ich existiere.«

»Das könnte man ändern«, meinte Thea und zwinkerte ihr zu. »Ich leih dir eins meiner Kleider – er wird aus den Schuhen kippen, wenn er dich sieht.«

»Und Mutter wird mich für den Rest meines Lebens in das Eishaus sperren«, seufzte Frederike. »Aber das ist es gar nicht. Es ist wegen Caramell.«

»Wegen einer Süßigkeit? Ich weiß ja, dass Schneider …«

»Nein«, unterbrach Frederike sie, »du weißt doch, Caramell, unser Pferd. Diese wunderschöne Trakehnerstute aus dem Gestüt Weidenfels.«

»Ach ja«, sagte Thea. »Du hast mir von ihr geschrieben. Sie ist nach deiner Mutter hier quasi deine nächste Verwandte.« Thea zwinkerte ihr zu. Frederike boxte sie in die Seite, seufzte dann.

»Ja, ich hänge an Caramell. Eben weil sie von dem Gestüt meines Vaters kommt. Onkel Erik hat sie Mutter geschenkt, aber Mutter hat sie nur am Anfang geritten, und dann war sie immer guter Hoffnung oder im Wochenbett. Caramell ist ein wenig … nun ja, speziell.«

»Böse?«

»Das will ich nicht glauben, auch wenn der Stallbursche das immer behauptet. Jedenfalls will von Olechnewitz sie für Katharina haben. Das hat er jetzt schon mehrfach gesagt. Onkel Erik hat Caramell ein paarmal geritten – und sie hat ihn abgeworfen.« Frederike verzog das Gesicht.

»Wenn sie deinen Stiefvater abwerfen kann, wird es auch einer Katharina der Schrecklichen so ergehen.«

»Katharina hat eine verdammt harte Hand. Sie zerstört jedes Pferdemaul, und sie liebt solche Herausforderungen«, sagte Frederike betrübt.

»Wir werden alles daransetzen, um es zu verhindern.«
Thea schaute auf ihre Uhr. »Wann wird es Essen geben?«

»Um eins. Wir haben noch Zeit.«

»Gut!« Thea sprang auf. »Dann zeig sie mir mal. Gibt es
Dups und Fips noch? Und wo ist eigentlich Fritz?«

»Fritz treibt sich sicher mit Dawid herum, die beiden
haben nur Flausen im Kopf. Stell dir vor, was sie neulich
gemacht haben ...« Die beiden zogen sich warme Sachen
und ihre gefütterten Stiefel an, dann gingen sie in den Hof
und hinüber zum Wirtschaftsteil.

Erst kurz vor dem ersten Gong waren sie zurück. Schnell
zogen sie sich um und gingen hinunter. Inzwischen war
schon Julius von Fennhusen mit seiner Frau eingetroffen.
Sie würden die Nacht hier verbringen, obwohl ihr Gut nur
eineinhalb Stunden mit dem Schlitten entfernt lag.

»Wie schön, euch endlich mal wieder zu sehen«, sagte
Stefanie zu Heidi von Fennhusen.

»Du hast recht, wir sehen uns viel zu selten«, stimmte sie zu. »Deshalb haben Julius und ich überlegt, euch
am ersten Weihnachtstag einzuladen. Kommt mittags und
bleibt bis zum nächsten Tag. Ihr könnt auch die größeren
Kinder mitbringen.«

Stefanie sah Erik an. Er nickte. »Das klingt nach einer
guten Idee, wir werden es im Auge behalten.«

Am Mittag durften Frederike, Gerta, Fritz und Thea noch
an der Mahlzeit teilnehmen, ab dem Abend waren sie jedoch ins Kinderzimmer verbannt und mussten mit den
Kleinen essen.

»Das ist nicht gerecht«, maulte Fritz. »So bekommen
wir ja gar nichts von dem ganzen Spaß mit.«

»Kinder am Tisch ...«, sagte Onkel Erik streng.

»Ja, ja«, antwortete Fritz, »… stumm wie ein Fisch.«

»Mutter«, sagte nun Thea leise und setzte ein trauriges Gesicht auf. »Frederike meint, wir dürfen morgen nicht am Ball teilnehmen.«

»Wirklich?« Mimi sah Stefanie überrascht an.

»Die beiden sind erst sechzehn und noch nicht in die Gesellschaft eingeführt. Ich finde es unpassend«, erklärte Stefanie.

»Ach, lass sie doch Häppchen mit uns essen und eine Stunde beim Tanzen zusehen. Vor dem Diner sollten sie allerdings zu Bett gehen, da stimme ich dir zu«, meinte Mimi leichthin. »In Berlin wird schon lange nicht mehr so streng danach geschaut, wer in die Gesellschaft eingeführt wurde und wer noch nicht.«

»Das Leben in Berlin ist ja auch frivol«, sagte Erik. Mimi zog eine Augenbraue hoch. »Nach allem, was man hier in der Provinz so hört«, fügte er hinzu und lächelte.

Am Nachmittag trafen weitere Gäste ein. Frederike und Thea beobachteten das Treiben vom Treppenabsatz her.

»Da ist er ja, dein Ax«, wisperte Thea und stieß ihre Freundin in die Seite.

»Er ist nicht mein Ax«, gab Frederike zurück. »Sein Vater war ein guter Freund von Onkel Erik. Und seit dem Tod des Vaters unterstützt Onkel Erik Ax ein wenig. Schließlich musste er in jungen Jahren schon eines der größten Güter in Polen übernehmen. Sobotka ist riesig.«

»Er ist oft hier zu Besuch, nicht wahr?«

»Öfter als ihr«, sagte Frederike und lachte. »Trotzdem kennt er wahrscheinlich noch nicht einmal meinen Namen.«

»Komm, ich zeig dir das Kleid, das ich dir für morgen Abend leihe.« Thea sprang auf.

»Das hast du übrigens knorke gemacht, wirklich phänomenal. Wenn ich gefragt hätte, müssten wir den Abend auf unserem Zimmer verbringen.«

»Ich fand deine Mutter immer schon zu streng, aber vielleicht liegt das am Leben in der Provinz.« Sie schaute noch einmal nach unten. »Elisabeth und Klara haben sich ganz schön gemacht«, sagte sie anerkennend. »Wann kommt denn Katharina die Schreckliche?«

»Von Olechnewitz sind doch unsere nächsten Nachbarn. Sie kommen erst morgen zur Jagd.«

»Je weniger sie hier ist, umso geringer ist die Gefahr, dass sie auf Caramell aufmerksam wird. Das ist übrigens wirklich ein wunderschönes Pferd. Aber ich würde mich noch nicht einmal in ihre Box trauen.«

»Sie war heute nur so nervös, weil so viel Betrieb ist.«

Das Kleid, das Thea ihr zeigte, war ein entzückendes Hängerchen aus blassblauem Chiffon und reichte Frederike bis knapp über die Knie. Bei jeder Bewegung flossen die eingelegten Falten, Glocken und Zipfel und schwangen mit. Die Taille war nur angedeutet, und Pailletten schmückten das Oberteil an der einen Seite.

»Es ist wunderschön«, sagte Frederike. »Nur blöd, dass Mutter mir nicht gestattet, die Haare abzuschneiden. Ich hätte gerne einen Pagenschnitt, so wie du.«

»Nächstes Jahr, Freddy, wenn du in Bad Godesberg bist, kannst du dir getrost die Haare abschneiden. Und morgen Abend werden wir sie dir hochstecken. Du wirst bezaubernd aussehen.«

Sie gingen früh zu Bett, denn die Nacht würde kurz sein. Aber auch nachdem sie das Licht ausgeschaltet hatten, flüsterten sie weiter, bis sie dann doch endlich einschliefen.

Kapitel 10

Sie ist wunderschön!«, rief Katharina von Olechnewitz begeistert. »Kaufst du sie mir, Papa?«

Frederike biss die Zähne zusammen. Das, was sie befürchtet hatte, war eingetreten. Sie umklammerte Theas Hand.

An diesem Morgen waren alle früh aufgestanden. Onkel Erik hatte eine sehr kurze Andacht gehalten, dann gab es ein gehaltvolles Frühstück – mehr als sonst, und dies auch noch reichlich. Gestern war der Tisch schon verlängert und die Teppiche im großen Salon aufgerollt worden.

Gerulis und Leni servierten Familie und Gästen Rührei, Speck, Brötchen, eingelegten Fisch, Leberpastete, geschmorte Tomaten, gebackene Bohnen und süßes Brot mit allerlei Marmeladen. Immer wieder füllten sie die Kaffeetassen auf. Trotz der frühen Stunde war man vergnügt und freute sich auf die Jagd.

Die Treiber bekamen im Gesinderaum ebenfalls ein gutes Frühstück. Dann machten sie sich zum Aufbruch bereit – die Treiber gingen schon vor den Jägern los.

Stefanie hatte beschlossen, dass die Kinder der Herrschaften, die auch beim Treiben halfen, erst später dazustoßen sollten.

»Sechs bis sieben Stunden durch den Schnee zu stapfen, das halte ich für zu viel«, hatte sie zu Onkel Erik gesagt.

»Du verzärtelst die Kinder«, brummte er, überließ ihr aber die Entscheidung.

Deshalb waren sie, dick eingepackt, zum Wirtschaftshof gegangen. Die von Olechnewitz waren pünktlich zum
Frühstück eingetroffen, und außer der schon fast erwachsenen Tochter Katharina waren auch Gerald und Wilfried
mitgekommen. Sie waren in Fritz' und Frederikes Alter
und würden beim Treiben helfen, während Katharina an
der Jagd teilnahm.

»Ach, liebe Kathi«, sagte Onkel Erik, »ich fürchte, dieses
Pferd ist nichts für dich.«

»Meine Kleine ist im Sattel ein wahrer Teufel«, lachte
von Olechnewitz stolz.

»Und Caramell ist unter dem Sattel ein Teufel«, entgegnete Onkel Erik.

»Ach bitte, Erik«, sagte Katharina. »Lass sie mich wenigstens einmal reiten.«

»Gut, aber erst nach der Jagd. Wenn du dann immer
noch willst. Sie buckelt und steigt, sieht ständig Un-
geheuer neben oder hinter sich. Sie ist unberechenbar.«

»Mir ist noch kein Pferd untergekommen, das ich nicht
habe zähmen können«, sagte Katharina.

»Aber zu welchem Preis«, murmelte Frederike.

»Vielleicht vergisst sie es während der Jagd«, versuchte
Thea ihre Freundin zu trösten.

»Die? Niemals. Und sie setzt sich immer durch. Immer.
Sie ist Papas Liebling.« Frederike verzog das Gesicht.

»Freddy, wir müssen los«, sagte Gerta, die plötzlich dick
vermummelt vor ihnen stand. »Igor wartet schon mit dem
Schlitten.«

Alle Gutskinder stiegen ein. Die Kinder der Instmänner und die aus dem Dorf waren schon am frühen Morgen mitgegangen. Inzwischen spendete die Sonne ihr fah-
les Winterlicht und brachte die Landschaft zum Funkeln.

Es lag eine sonderbare Erwartung in der Luft, wie vor

einem Gewitter. In der Ferne hörte man die Treiber durch den Wald gehen – die wenigen Wintervögel flogen auf, schrien ihre Warnrufe. Ansonsten herrschte gespannte Stille.

An einer kleinen Lichtung stiegen sie vom Schlitten. Der Förster, der die Treiber leitete, wies ihnen ihre Plätze zu. In Reihen stapften sie durch den Wald. Hier lag weniger Schnee als auf den Wegen und den kleinen Lichtungen, trotzdem war es anstrengend, durch das Gestrüpp und Unterholz zu laufen.

Die Sonne hatte fast schon ihren Höchststand erreicht, als das Hornsignal ertönte, das angab, dass alle Jäger auf ihren zugewiesenen Plätzen waren.

Hatten sie vorher nur mit Stöcken gegen die Bäume geschlagen und »Hopp!« und »Hey!« gerufen, wurden die Treiber nun lauter und rückten enger zusammen. Das flüchtende Wild wurde ein Stück weit eingekesselt – doch dies war keine Kesseljagd. Sie scheuchten die Rehe und das Schwarzwild aus ihren Verstecken und auf die Ansitze zu.

Dann knallte der erste Schuss, er hallte im Wald und fand bald ein vieltöniges Echo. Die Schweine grunzten und quiekten, die Rehe liefen panisch auf die Lichtungen. Auch Hasen wurden aufgescheucht, Füchse, Marder. Alles, was klein war, duckte sich und zog sich möglichst tief in den Wald zurück.

Immer wieder schallte das Knallen der Büchsen über den Wald.

Und dann Stille. Schließlich klang das »da–ta–taaa – da-ta-taaa – da-taaa-ta« des Halalis über die Baumwipfel. Die Jagd war vorbei.

Die Treiber sammelten sich. Gemeinsam liefen sie zur großen Lichtung. Dort bauten die Burschen schon die

Bänke und Tische auf, ein Feuer wurde gemacht und die großen Eisenkessel mit dem Eintopf über die Glut gehängt.

Von allen Seiten kamen nun die Jäger mit ihren Jagdgehilfen und brachten einen Teil der Beute – das Niederwild. Das Schwarzwild war zu schwer, als dass sie es hätten tragen können.

Onkel Erik stand mit einem Notizbuch in der Mitte und notierte die Beute.

Es dauerte eine gute Stunde, bis sich alle Jäger und Jagdhelfer eingefunden hatten. Man saß an den Tischen, langte ordentlich zu, und der eine oder andere Flachmann wurde durch die Reihen gereicht. Die Treiber hatten schon vorher gegessen, sie wurden nun eingeteilt, um das Schwarzwild zu holen.

»Keine gute Zeit, um Schweine zu schießen«, meinte von Olechnewitz.

»Ich glaube, die sind schon durch die Rausche durch«, sagte Onkel Erik. »Wir haben fast Dezember, und es ist seit Wochen bitterkalt.«

»Trotzdem. Rauschige Schweine schmecken wie Hölle.«

»Es liegt am Aufbrechen«, sagte Tante Edeltraut. Erst hatte sie sich geziert, dann war sie doch mitgekommen. In ihrer Jugend war sie eine hervorragende Jägerin gewesen. Heute hatte sie bewiesen, dass sie es nicht verlernt hatte. »Man muss die Schweine nur vorsichtig aufbrechen«, erklärte sie. »Dann erkennt man, ob sie rauschig sind oder nicht.«

»Was?«, fragte von Olechnewitz. »Das höre ich das erste Mal.«

»Doch, doch. Man muss den Keiler nur vorsichtig aufbrechen. In keinem Fall darf man Klötze, Samenstränge und Prostata verletzen oder anschneiden – sie müssen eine

Einheit bleiben. Man hebt den Pinsel an und schärft zwischen Pinsel und Bauchnabel die Schwarte durch. Das muss vorsichtig geschehen. Auch die Blase darf man nicht verletzen.«

Von Olechnewitz verzog das Gesicht und presste die Beine zusammen. »Edel, ich bitte dich, mir wird schon alleine vom Zuhören ganz anders«, sagte er und wand sich.

»Hier«, sie reichte ihm ein silbernes Fläschchen. »Das ist der gute Likör, den unsere Köchin macht.«

»Likör ist nicht so ganz …«

»Trink!«, sagte sie und ließ keine Widerrede zu.

Von Olechnewitz trank einen kleinen Schluck, dann sah er Edeltraut überrascht an und nahm einen großen Schluck. »Holla!«, rief er aus. »Eure Köchin kann nicht nur kochen … aber kochen kann sie auch ganz phantastisch.«

»Ja, Schneider ist Gold wert. Und sie weiß auch, wie man einen rauschigen Keiler verarbeitet.«

»Falls sie mal eine neue Anstellung sucht …«

»Hör auf«, winkte Erik ab. »Schneider geben wir nicht her, die gehört zur Familie.«

»Aber das Pferd vielleicht?«, sagte nun Katharina. »Wie heißt es noch? Schokolade?«

»Caramell«, zischte Frederike, die sich mit an den Tisch gesetzt hatte. »Sie heißt Caramell, und sie ist nicht zu verkaufen.«

Onkel Erik kniff die Augen zusammen und sah sie streng an. »Fräulein, das ist immer noch meine Entscheidung.«

»Aber … aber Caramell gehört Mutter, sie muss es entscheiden.« Frederike sah sich um, doch Stefanie war mit Mimi ins Gespräch vertieft.

»Ich will sie erst einmal reiten. Vielleicht ist sie ja lahm«, sagte Katharina. »Und du bist sowieso noch zu klein für so ein Pferd. Warst heute mit den anderen Kindern bei den Treibern, nicht wahr?«

Frederike biss sich auf die Lippen, um nicht etwas Ungehöriges zu sagen.

»Komm«, sagte Thea und zog sie von der Bank. »Lass uns gehen.«

»Wohin?«, fragte Frederike, als sie ein paar Schritte gegangen waren.

»Zum Gut zurück. Die Jagdgesellschaft wird hier noch eine ganze Weile bleiben. Es dauert also noch, bis Katharina die Schreckliche Caramell wird reiten können. Und ich habe etwas erfahren – über euren Stallburschen.«

»Erfahren? Was denn und von wem?«

»Ich habe bei einigen der Treiber gesessen vorhin. Das müssen Instmänner von euch sein. Und sie sprachen von Tomasz – so heißt doch der Stallbursche?«

»Ja, Tomasz.«

»Sie sagten, dass seine Frau ihn verlassen hätte und wieder zu ihren Eltern gezogen ist. Seitdem greift er zur Flasche. Das passt zu dem, was du erzählt hast. Und seit er säuft, versorgt er wohl die Pferde nicht mehr richtig. Es ist schon anderen aufgefallen.«

»Ich glaube, Onkel Erik weiß, dass Tomasz' Frau ihn verlassen hat und der Stallbursche seitdem nicht mehr zuverlässig ist. Er hat einmal mit ihm geredet und ihm dann einen weiteren Stallburschen als Hilfe zur Seite gestellt.«

»Richtig. Aber Tomasz hasst wohl Caramell besonders, weil es das Lieblingspferd seiner Frau war. Sie ist Küchenmädchen bei euch und bringt ihr immer Möhren und Zucker. Und nun lässt er seine Wut über seine Frau an dem Pferd aus.«

»Wie schrecklich!«

»Ja, aber wir können es uns zunutze machen.«

Frederike überlegte. »Immer wenn er wütend war, hat er getrunken. Und wenn er getrunken hatte, hat er Caramell schlecht behandelt.«

»So ist es«, sagte Thea und zog einen Flachmann aus ihrer Tasche.

»Woher hast du den denn?«

»Ich habe ihn stibitzt. Er ist leer – aber das sollte ja kein Problem sein. Wir füllen ihn, geben ihn Tomasz …«

»Dann ist Tomasz gemein zu Caramell, und Caramell wird nervös. Sie wird schlecht gehen, buckeln, steigen, treten …«

»Und wer will so ein Pferd haben? Sicherlich auch nicht Katharina die Schreckliche.«

»Richtig. Und wenn alle weg sind, spreche ich mit Onkel Erik.«

»Siehst du? Ich habe gesagt, dass wir eine Lösung finden.« Thea schmunzelte.

»Du bist so knorke!«

Sie stapften zurück zum Gutshaus. Als sie auf halbem Weg waren, kam ein Schlitten angefahren. Es war Igor, der einen Teil der Beute zum Gut brachte.

»Hopp!«, sagte er nur und hielt neben ihnen an. Die beiden Mädchen sprangen auf den Schlitten, und schnell erreichten sie das Gut.

»Wir brauchen Schnaps«, sagte Thea.

»Den bekommen wir in der Küche.« Frederike lief voran und eilte die Treppe hinunter. In der Küche dampfte, kochte, simmerte es. Es roch gar köstlich. Schneider nickte zufrieden. »Ei, wat macht ihr den hier?«, fragte sie. »Jankert es euch nach Leckerchen, Marjellchen? Is jerade ein schlechter Moment.«

»Wir haben den Bauch voll mit Ihrem köstlichen Eintopf«, sagte Frederike und rieb sich über den Magen. »Das war spitze und formidabel. Alle lecken sich die Finger.«

Schneider strahlte. »Wirklich?«

»Ja, natürlich«, sagte auch Thea. »Und Baron Olechnewitz möchte Sie abwerben.«

»Ab… was?« Schneider sah sie irritiert an.

»Er möchte, dass Sie für ihn kochen. Drüben auf dem Gut.«

»Erbarmung«, lachte Schneider. »Nie nimmer nich. Bin hier jeboren. Und so Jott will, wird ich sterben hier. Is meen Zuhause. Und nu, wat kann ich tun fir euch Marjellchen?«

Frederike hielt ihr den silbernen Flachmann hin. »Wir brauchen Alkohol«, sagte sie verschämt.

»Nee. Nee, Marjellchen, be aller juten Laune nich. Nee, dat bekimmste nich von mir.«

»Das ist nicht für uns«, flehte Thea. »Und wir brauchen es, um ein Leben zu retten.«

»Ei, jetzt iebertreibste awwer. Fir wen isset denn?«

»Es dauert zu lange, um es Ihnen zu erklären«, sagte Frederike und spürte die Verzweiflung in ihrem Magen – ein dicker Kloß. »Ich erkläre es Ihnen nach der Jagd. Aber es ist wichtig.«

»Fir wen isset?«, bestand die Köchin zu wissen.

»Tomasz. Der erste Stallbursche«, gab Frederike zu und senkte den Kopf.

»Isset wejen der Stute?«

Erstaunt sah Frederike sie an.

»Ei, jlaubste, dat ich nur lebe inne Kieche, Marjellchen?« Sie nahm den Flachmann, öffnete eine Schranktür und holte eine große Flasche heraus. Mit sicherer Hand füllte sie den Flachmann. »Obs hilft, kannich nich versprechen«, sagte sie dann und gab Thea die silberne Flasche zurück. »Viel Jlick euch!«

Frederike und Thea liefen zurück zum Wirtschaftshof und öffneten die Tür zum Pferdestall. Sie fanden Tomasz in der Sattelkammer.

»Lass mich machen«, flüsterte Thea.

Tomasz sah auf. »Ei, watt wollt ihr denn hier? Habt hier nie nüscht verloren. Jeht wech.«

»Wir wollten nur Putzzeug holen«, sagte Thea. »Die Tochter von Baron Olechnewitz will gleich Caramell reiten, und wir wollten sie vorher putzen.«

»Caramell? Ne Fruu?« Er lachte bitter auf. »Nee, die reitet keene Fruu.«

»Katharina kann gut mit Pferden umgehen«, sagte nun Frederike. »Mit allen Pferden. So wie deine Irma. Wo ist sie überhaupt? Hab sie schon lange nicht mehr bei dir gesehen.«

»Bleeb mir wech mitte Irma«, fauchte er. »Raus mit euch. Wech!«

Unauffällig hatte Thea den Flachmann auf den Tisch gestellt. Dort stand schon eine Flasche Fusel.

»Jetzt können wir nur noch hoffen und warten«, sagte sie zu Frederike. »Und zurückgehen zum Haus.« Sie sah ihre Freundin an. »Egal, was passiert, du hast alles gegeben, sag dir das.«

Frederike nickte traurig. »Ich glaube, Katharina will sie einfach nur haben um des Habens willen. Ihr liegt nichts an Pferden.«

»Und du? Willst du Caramell haben?«

»Es lohnt sich nicht. Nächstes Jahr gehe ich fort. Um dieses Pferd muss man sich bemühen. Täglich. Das werde ich nicht können, weil ich ja weggehe. Aber ich möchte nicht, dass sie in schlechte Hände gerät, und in denen wäre sie bei Katharina.«

»Das ist wohl wahr.« Thea holte tief Luft. »Aber mehr können wir jetzt nicht tun – bis vielleicht auf eines«, sagte sie leise. »Ein Bad nehmen. Ein schönes, heißes Schaumbad. Noch ist keiner da, und ich wette, wir Kinder dürfen heute gar nicht baden.«

»Doch … in der Waschküche.«

»Na, dann lass uns das schnell umgehen. Wir beeilen uns – eine Viertelstunde für jeden, aber oben im Badezimmer.«

Frederike lachte auf. »Du bist herrlich. Ja, das machen wir.«

Zwei Stunden später trudelte die Jagdgesellschaft langsam ein. Die Bäder wurden besetzt, es floss reichlich Alkohol im kleinen Salon – natürlich nur zum Aufwärmen.

Frederike zog sich wieder Drillichhosen an und rannte zum Wirtschaftshof.

»Warte«, rief Thea, die auf dem Bett gedöst hatte, aber Frederike wartete nicht.

Tatsächlich hatte Katharina Caramell nicht vergessen und bat darum, sie reiten zu dürfen.

»Nimm erst die Longe«, schlug Onkel Erik vor. »Damit du ein Gefühl für sie und ihr Maul bekommst.«

»Entweder – oder, lieber Erik. Ich will das Pferd reiten, und entweder es gelingt oder es gelingt nicht.« Katharina lachte.

»Nun gut.« Erik ließ Caramell satteln und hinausbringen. Doch zu Frederikes Enttäuschung brachte sie der junge Stallbursche auf den Hof.

»Wo ist Tomasz?«, fragte sie ihn.

»Psst«, flüsterte er. »Tomasz ist betrunken und schläft.

Muss der Herr nicht wissen, oder? Ich habe Caramell ordentlich geputzt und gesattelt. Da passiert jetzt nichts. Tomasz hasst die Stute. Ich habe gesehen, dass er schon mal Steinchen unter die Satteldecke gelegt hat oder Stöckchen – dann ist sie immer durchgegangen. Aber das wird jetzt nicht der Fall sein.« Er zwinkerte ihr zu und wusste nicht, wie enttäuscht Frederike plötzlich war. Sie hatte immer geahnt, dass Caramell nicht einfach so durchging und dass normalerweise ein so guter Reiter wie Onkel Erik sie immer würde bändigen können – aber ein Tier, das unter Schmerzen litt, war unberechenbar.

Doch nun zeigte sich Caramell von ihrer besten Seite – ein wenig aufmüpfig, nervös, aber mit tollen Gängen. Katharina machte ein gutes Bild auf dem Pferd, auch wenn sie ordentlich zu arbeiten hatte. Caramell war kein Schaukelpferd und würde es nie sein, sie hatte Charakter. Aber sie war auch kein Teufel.

»Da sieh mal einer an«, sagte Onkel Erik verblüfft. »Es sieht so aus, als wäre dieses Pferd wie für deine Tochter gemacht.«

»Na, das will ich doch meinen. Dann ist es abgemacht?« Er hielt Onkel Erik die Hand hin, und Erik schlug ein. Frederike zuckte zurück. Erst überlegte sie, ob sie ihrem Stiefvater erzählen sollte, was sie inzwischen alles herausbekommen hatte, aber dann ließ sie es. Es würde jetzt nichts mehr ändern.

Arme Caramell, dachte sie nur. Arme, arme Caramell. Traurig ging sie zurück zum Haus. Thea kam ihr entgegen und sah sofort, was passiert war.

»Es tut mir leid«, sagte sie und umarmte ihre Freundin. »Wir haben alles gegeben. Alles, was in unserer Macht stand.«

Die jungen Frauen zogen sich um, frisierten sich, machten Späße und lachten – doch tief in ihrem Herzen war Frederike sehr traurig und konnte sich so gar nicht mehr auf den Ball freuen. In allen Zimmern wurde nun gebadet, sich zurechtgemacht, sich umgezogen. Im Badezimmer gab sich einer nach dem nächsten die Klinke in die Hand.

Dann plötzlich wurde es lauter, alle versammelten sich auf dem großen Treppenabsatz. Schließlich erklang ein Jagdhorn in der Halle – das Halali. Nun war es das Zeichen, dass der Ball eröffnet sei. Alle strömten nach unten. Fritz war sauer, denn er durfte nicht mitgehen, sondern musste mit den Kindern oben bleiben. Die Söhne der von Olechnewitz waren wieder nach Hause gefahren. Es gab niemanden in seinem Alter außer Dawid, aber Dawid durfte an so einem Abend nicht ins Gutshaus.

Thea und Frederike schritten langsam die Treppe hinunter. Die Häppchen wurden in der Halle gereicht. Es gab Tabletts und Etageren mit feinen kleinen Köstlichkeiten, die Schneider zubereitet hatte. Überall stand jemand, der Getränke reichte. Im Sommer, auf Steinort, hatte Frederike schon ein wenig Champagner getrunken – heimlich. Nun ging Thea forsch zu einem der Diener, nahm zwei Gläser und reichte eines Frederike.

»Auf uns!«

Sie staunten und schauten. Die von Olechnewitz waren nach der Jagd zu ihrem Gut gefahren und hatten die von Hermannsdorf mitgenommen – sie würden auch dort übernachten. Und nun waren sie zurück. Katharina trug eine weite Hose aus Satin, darüber eine Jacke. Es sah très chic aus, aber auch sehr gewöhnungsbedürftig. Alle Männer drehten sich nach ihr um. Aber sie schauten auch Mimi an, die ein sehr, sehr tief ausgeschnittenes Kleid trug und ihre Zigarette in einer langen Spitze rauchte.

Stefanie und Edeltraut hatten sich letzten Monat neue Kleider in Graudenz gekauft, aber sie wirkten ein wenig wie graue Mäuse unter alle den Farben, Fransen, Pailletten, Boas und Federn.

Dann begann die Kapelle zu spielen – es waren die Dorfmusiker. Sie spielten Polka und Walzer, die richtige Musik, um sich langsam aufzuwärmen. Nach einer Stunde wurde das Grammophon angekurbelt, und endlich klang auch der Charleston durch die Halle und den großen Salon. Es wurde getanzt, gejuchzt, getrunken, gefeiert. Katharina stand immer im Mittelpunkt. Das schmeckte weder Frederike noch den beiden Debütantinnen Elisabeth und Klara. Alle Männer umschwirrten Katharina wie die Motten das Licht.

Frederike bemerkte, wie die Leute hektischer wurden, das Diner stand kurz bevor, und dann mussten Thea und sie nach oben gehen, denn zum Diner waren sie nicht zugelassen. Es reichte Frederike, und sie huschte in ihr Zimmer, zog sich noch einmal um – warme Sachen –, und dann ging sie über die Hintertreppe nach draußen. Die Luft war rein und klar, der Himmel ein Sternenmeer. Von Norden zogen einige Wolken heran, es würde am nächsten Tag schneien.

Das ist auch gut so, dachte Frederike. Der frische Schnee wird all das Blut verdecken und die Spuren der Jagd.

Die Jagden, das wusste sie, waren notwendig. Es gab zu viel Schalenwild in den Wäldern, zu viel Schwarzwild. Weder das Niederwild noch die Wildschweine hatten inzwischen genügend natürliche Feinde. Der Wolf war fast ausgerottet, Luchse gab es nur im Osten.

Die Jagd brachte ihnen willkommenes Frischfleisch, zwar hatten sie im Herbst geschlachtet, gepökelt und geräuchert, aber die Würste waren dem Gaumen irgendwann leid. Kaninchen, Hasen und Rehe gab es im Überfluss, man musste sie nur erlegen. Das gehörte genauso zum Gutsleben, wie einem der Hühner den Hals umzudrehen, damit es auf dem Teller oder in der Suppe landete.

Frederike ging an den Wildschwein- und Rehkadavern vorbei. Sie waren ausgenommen worden, aber noch nicht aus der Decke geschlagen. Morgen würden die Jagdgäste einen Teil ihrer Beute mitnehmen, der Rest würde hier verarbeitet werden. Und nächste Woche gab es die nächste Jagd auf einem anderen Gut. So war das in dieser Jahreszeit.

Sie schlich sich an der Remise vorbei, wo Koslowski sein DKW auf dem Dachboden vorführte. Die fremden Burschen bestaunten es mit Ehrfurcht und vielleicht auch mit etwas Neid. Dabei konnte Koslowski das DKW bei diesem Wetter und im hohen Schnee gar nicht fahren, aber das musste ja niemand wissen.

Frederike öffnete die kleine Tür zur Stallgasse und schlüpfte hinein. Eine Petroleumlampe brannte und verbreitete schwaches, aber warmes Licht. Es war unruhig im Stall, denn die Pferde der Gäste standen heute auch hier unter. Dups teilte heute ihre Box mit Fips und einem anderen Pferd der von Fennhusen. Aber zu Dups wollte Frederike jetzt nicht. Sie wollte Abschied nehmen von Caramell. Auch die Stute stand nicht alleine in ihrer Box – Glumse war bei ihr. Die beiden kraulten sich hingebungsvoll die Kruppe und ließen sich von Frederike nicht stören.

»Ich hätte dich behalten«, flüsterte Frederike. »Wirklich. Ich habe alles dafür getan.«

Caramell schnaubte auf. Es klang fast so, als hätte sie Frederike verstanden.

Kapitel 11

Das Fest war vorbei. Es war ein Erfolg gewesen. Nicht nur hatten sie Wild zur allgemeinen Zufriedenheit erlegt, auch der Ball war gelungen, allen Befürchtungen und Unkenrufen zum Trotz. Den Leuten hatte es alles abverlangt, aber Stefanie versprach eine Belohnung.

Der einzige Wermutstropfen war, dass Katharina von Olechnewitz tatsächlich Caramell mitnahm.

»Sie war meine Stute«, sagte Stefanie. »Aber ich bin froh, dass sie nun weg ist.«

»Du hast sie ja so gut wie nie geritten«, meinte Onkel Erik. »Und was sollen wir mit einem Reitpferd, das man nicht reiten kann? Bei den von Olechnewitz ist sie sicher besser aufgehoben.«

»War sie reinrassig?«, fragte Tante Edeltraut leise nach.

»Natürlich. Warum?« Onkel Erik knüllte die Zeitung zusammen. »Sie kam vom Gestüt Weidenfels.«

»Sie wäre vielleicht für die Zucht geeignet gewesen.«

»Dazu war sie viel zu nervös. Himmelherrgottnocheins, das Vieh hat mich abgeworfen, mehr als einmal. Und wenn ihr jetzt etwa behaupten wollt, dass ich nicht reiten kann …«

»Sie hat dich abgeworfen, weil Tomasz Steine unter den Sattel gelegt hat«, sagte Frederike mürrisch.

»Was?«, fragte Onkel Erik nach, und Frederike erzählte ihm die ganze Geschichte.

»Warum hast du mir das nicht eher gesagt?«

»Du wolltest nicht zuhören.«

»Das stimmt«, pflichtete Tante Edeltraut seufzend bei. »Aber nun ist das Pferd verkauft. Schwamm drüber.«

»Jetzt ist der Ball vorbei, und wir müssen uns auf zukünftige Dinge konzentrieren. Weihnachten steht vor der Tür. Cousin Julius hat uns eingeladen«, warf Stefanie ein.

»Stimmt«, sagte Onkel Erik. »Wann war das denn?«

»Für den ersten Feiertag. Wir sollen schon zum Mittag kommen und über Nacht bleiben.«

»Ihr könnt doch nicht Weihnachten wegfahren«, sagte Gerta empört.

»Ihr seid auch eingeladen, ihr drei Großen zumindest. Und die Kleinen sind ja hier gut aufgehoben«, meinte Stefanie. »Ich halte es für eine gute Idee, auch für unsere Leute.«

»Für die Leute? Wieso für die Leute?«, fragte Onkel Erik verblüfft.

»Die Jagd und der Ball waren schon eine große Herausforderung, doch das Personal hat es gut gemeistert. Wie du weißt, feiern wir den Heiligen Abend so, dass wir fast keine Leute brauchen, damit sie auch etwas von Weihnachten haben. Und wenn wir am ersten Feiertag wegfahren, hätten sie noch weniger zu tun. Ich könnte allen mit Familie freigeben. Das hatten wir noch nie. Und für die anderen würde das Haus auf Sparflamme laufen.«

»Das ist tatsächlich überlegenswert. Ich werde darüber nachdenken.«

Ein paar Tage später sagte Onkel Erik der Einladung zu. Sie würden mit dem großen Schlitten nach Witzleben fahren, auf das Gut seines Cousins. Tante Edeltraut würde mitkommen, ebenso Frederike, Gerta und Fritz. Tante Martha fuhr über die Feiertage zu ihrem Bruder. So würden nur die kleinen Kinder mit ihrem Kindermädchen zu Hause bleiben. Auch Fräulein Hansen wollte bleiben.

Sie hatte kaum eigene Verwandtschaft, hatte sich aber mit dem Inspektor und seiner Familie angefreundet.

»Da habe ich gar nichts gegen«, sagte Stefanie resolut, »solange sie keine unanständigen Dinge tun.« Sie räusperte sich. »Oder zumindest, solange es ohne Folgen bleibt.« Sie hustete leise. »Mimi hat mir ganz interessante Broschüren aus der Reichshauptstadt mitgebracht, die werde ich Fräulein Hansen überlassen.«

»Broschüren?«, fragte Tante Martha nach. »Worüber?«

»Über Empfängnisverhütung«, hauchte Stefanie.

Martha glich einer frisch überbrühten Tomate. »Wozu … ich meine … wieso … also, weshalb hat Mimi dir denn diese Broschüren gegeben?«

»Genau für diesen Fall«, sagte Stefanie und lächelte. »Damit ich sie den Leuten geben kann, wenn Bedarf besteht, und hier scheint das der Fall zu sein, ohne Fräulein Hansen etwas unterstellen zu wollen.«

»Gute Güte.« Martha versenkte ihr Gesicht wieder in das Strickzeug.

Wie verrückt strickten, stickten, häkelten und nähten sie in diesen Wochen. Die Handarbeitsstunden nahmen vorübergehend mehr Platz im Unterricht ein. Fritz wurde in die Werkstatt geschickt, er musste schnitzen – Pferde, Schafe, Ziegen, Hühner, Vögel. Es machte ihm mehr Spaß als den Mädchen das Sockenstricken.

Zwei Wochen vor Weihnachten stand plötzlich Tomasz unsicher in der Halle. Frederike kam gerade aus der Küche und sah ihn dort stehen.

»Kann ich dir helfen?«, fragte sie.

»Ich will zum Jnädigsten.«

Frederike klopfte an die Tür zum Büro ihres Stiefvaters. »Tomasz sucht dich.«

»Ist etwas passiert?« Erik kam in die Halle.

»Jeht sich um Glumse, dem Kaltblieter, wissen Se?«, sagte Tomasz verlegen.

»Was ist mit Glumse?«

»Weeß ich nich. Scheent so, als sei er traurich irjendwie. Frisst nich mehr und lässt den Kopp hängen. Is nur noch halb sich selbst.«

»Ich werde ihn mir ansehen«, sagte Onkel Erik besorgt. »Glumse, den möchte ich nicht verlieren.«

»Er vermisst Caramell«, meinte Frederike. »Die beiden haben sich geliebt.«

»Ach Unsinn, Freddy. Glumse ist ein Wallach. Und ein Pferd. Pferde lieben nicht.«

»Doch, das tun sie«, sagte Frederike leise.

Glumse fehlte nichts. Er war gesund, seine Nüstern frei, die Hufe gut, er fraß weniger, aber er fraß – er schien nur traurig zu sein.

»Ich mag Glumse sehr«, sagte Erik, »aber vielleicht wird ihm die Arbeit zu viel. Wir haben noch mehr Kaltblüter, die die Schlitten ziehen und Holz rücken können. Wir werden Glumse ein wenig schonen, dann wird das schon.«

Trotzdem war Glumse das Pferd, welches Erik nahm, als er ein paar Tage vor Weihnachten in den Wald zog, um eine geeignete Tanne zu finden, die in diesem Jahr der Weihnachtsbaum werden sollte. Schon in den Wochen vorher hatten alle immer wieder Ausschau nach dem richtigen Baum gehalten, und jeder in der Familie hatte seinen eigenen Favoriten. Doch Onkel Erik entschied.

Heiligabend fiel in diesem Jahr auf einen Donnerstag, und Onkel Erik beschloss, am Montag den Baum zu fällen und ihn zum Gutshaus zu bringen. Frederike, Fritz und Dawid begleiteten ihn.

»Diese Tanne«, sagte Erik und schaute zufrieden nach oben. Sie ist bestimmt fünf Meter hoch, oben schön schmal und unten ausladend.«

»Dahinten«, sagte Fritz, »steht eine, die ich mir viel besser in der Halle vorstellen kann.«

»Deine Vorstellung bleibt dir überlassen«, schmunzelte Erik. »Ich habe mich für diese entschieden.«

Fritz und Dawid kletterten in den Baum und rüttelten an den Ästen, damit so viel Schnee wie möglich herunterfiel. Onkel Erik prüfte die Umgebung und legte dann den Winkel fest, in dem der Baum zu Fall kommen sollte. Er nahm die Axt, fing an zu schlagen, und Dawid brachte Keile, die sie in die Lücken schlugen. Noch zwei feste Schläge, der Baum ächzte, es schien fast so, als würde er erzittern, und dann, mit einem hohen, sirrenden Geräusch, fiel er krachend zu Boden.

Onkel Erik nickte zufrieden. Sie holten die Ketten und befestigten sie am Stamm und an Glumses Geschirr.

»Ho!«, sagte Erik und nahm den Zügel. Langsam und bedächtig, einen Huf vor den anderen, setzte sich Glumse im tiefen Schnee in Bewegung. Er zog den Baum ruhig und gleichmäßig aus dem Wald und über den Wirtschaftsweg bis zum Gutshaus. Dort legten sie den Baum auf die Veranda und klopften nochmals den Schnee von den Ästen.

Am nächsten Tag schleppten die Burschen die Tanne in das Gartenzimmer. Dort wurde der Ofen angezündet, damit der Baum auftauen konnte.

Mittwochabend wurden die Kinder früh zu Bett geschickt. Auch Frederike wollte nach oben gehen, doch Tante Edeltraut hielt sie zurück. »Du bleibst noch bei uns«, sagte sie und lächelte. »Du darfst mithelfen, den Baum zu schmücken.«

Überrascht sah Frederike sie an. »Ich darf aufbleiben?«

Tante Edeltraut nickte. »Ja, und Punsch darfst du auch trinken – jedoch nur ein winziges Schlückchen.«

Frederike schluckte aufgeregt. Dass sie aufbleiben durfte, erschien ihr fast wichtiger als die Einführung in die Gesellschaft. Tante Edeltraut hatte sie soeben vom Kinderstatus zu einer Erwachsenen gemacht – zumindest fast. Stolz sah Frederike sich um, plötzlich erschien die Diele in einem ganz anderen Licht.

Tante Martha hatte die Kartons und Blechdosen mit dem Baumschmuck vom Dachboden geholt. Drei Burschen stellten nun den Baum im hinteren Teil der Halle auf.

»Wir müssen noch ein wenig warten«, erklärte Stefanie, »bis die Äste sich gesetzt haben.«

Leni kam mit einem großen Tablett. Es gab Punsch und Pfefferkuchen.

Tante Edeltraut stimmte mit ihrem schönen Alt leise ein Weihnachtslied an:

»Der Christbaum ist der schönste Baum,
den wir auf Erden kennen.
Im Garten klein, im engsten Raum,
wie lieblich blüht der Wunderbaum,
wenn seine Lichtlein brennen, ja brennen.

Denn sieh, in dieser Wundernacht
ist einst der Herr geboren,
der Heiland, der uns selig macht.
Hätt' er den Himmel nicht gebracht,
wär alle Welt verloren, verloren.

Doch nun ist Freud' und Seligkeit,
ist jede Nacht voll Kerzen.
Auch dir, mein Kind, ist das bereit't,
dein Jesus schenkt dir alles heut',
gern wohnt es dir im Herzen, im Herzen.«

Alle stimmten nach und nach mit ein. Stefanie stand auf und ging in den kleinen Salon, wo das Klavier stand. Sie spielte, und alle sangen dazu. Es waren die alten Weihnachtslieder: *Maria durch ein' Dornwald ging, Macht hoch die Tür* und auch eins von Frederikes Lieblingsliedern: *Herbei, o ihr Gläubigen.*

Frederike wurde ganz warm ums Herz, und das lag nicht nur am Punsch. Schließlich holten sie die Leiter. Onkel Erik steckte den Stern auf die Spitze des Baums, verteilte die Kerzen, Kugeln und Strohsterne an den oberen Ästen, und Frederike durfte sie ihm anreichen. Mehr und mehr hängten sie in die Zweige. Der herbe Tannenduft vermischte sich mit dem süßlichen des Punsches und dem Honigduft der Pfefferkuchen. Es war eine ehrfürchtige und friedvolle Atmosphäre, Frederike war sehr dankbar, dass sie teilhaben durfte.

Es war schon spät, als Erik wieder auf die Leiter kletterte. Er hatte einen langen Kienspan in der Hand, den er im Kamin entzündet hatte. Nun steckte er die Kerzen – eine nach der anderen – damit an.

»Oh«, flüsterte Frederike überrascht. »Ich dachte, sie würden zum ersten Mal morgen nach dem Gottesdienst angezündet werden.«

»Das ist unser Geheimnis«, sagte Stefanie lächelnd. »Wir zünden sie schon einmal am Dreiundzwanzigsten an, um zu sehen, ob wir sie auch gut verteilt haben. Dann schauen wir ihnen beim Herunterbrennen zu. Und schließlich holen wir die abgebrannten Stummel herunter und ersetzen sie durch neue Kerzen.«

»Das ist so wunderschön«, sagte Frederike leise.

»Ja, und so viel ruhiger, als es morgen sein wird«, meinte Stefanie lächelnd.

Sie hatte recht. Am Morgen des Heiligen Abend waren die Kinder kaum zu bändigen. Damit auch die Leute etwas von Weihnachten hatten, hatte Schneider schon vorher viel vorbereitet. Die Küche war den Tag über recht einfach – Brote mit Belag, Kartoffeln mit Soße. Dazu gab es Schwarz- und Weißsauer, gekochte Eier, Aspik. Am frühen Nachmittag versammelten sich alle und gingen ins Dorf zur Kirche, um gemeinsam den Gottesdienst zu feiern. Die Herrschaft zuerst, dann die Leute. Auf dem Weg schlossen sich die Instmänner an.

Auch in der Kirche stand ein Weihnachtsbaum, die Kerzen brannten schon. Sie nahmen Platz, auch hier wurden Weihnachtslieder angestimmt, es gab ein kleines Krippenspiel. Nach dem Gottesdienst ging es zurück zum Gutshaus.

Im Salon lagen die Gaben, die Tante Edeltraut, Stefanie und Tante Martha sorgfältig in Geschenkpapier eingeschlagen hatten. Ein riesiger Topf Punsch stand neben der Eingangstür, dazu ein Berg Schmalzbrote und Pfefferkuchen.

Die Kinder der Instleute traten in die Halle, wo die Familie sich versammelt hatte. Es wurden kleine Gedichte vorgetragen, Lieder gesungen. Jedes Kind bekam ein Geschenk. Mal waren es Bleistifte und Radiergummi, dann ein paar Schleifen oder neue Schnürsenkel. Die kleineren Kinder bekamen Püppchen oder Puppenkleidung, geschnitztes Holzspielzeug und kleine Blechautos. Und natürlich gab es Mützen, Schals und Handschuhe. Dawids

Paket war größer als die der anderen. Stefanie zwinkerte ihm zu. »Viel Freude damit«, sagte sie.

Die Bescherung der Leute schien sich ewig hinzuziehen, doch Stefanie und Erik nahmen sich für jeden Zeit, fanden immer ein paar nette Worte. Nach den Kindern waren die Instleute dran und schließlich die Leute – das Personal aus dem Haus. Die Socken, Schals, Mützen, Hemden und Taschentücher wurden verteilt. Manche Flasche Schnaps und etliche Meter gutes Tuch wurden verschenkt. Alle Augen leuchteten.

Auch Tomasz kam zur Herrschaft, er lächelte und wirkte auf einmal ganz anders als in den letzten Wochen.

»Nix fir unjut«, sagte er, »awwer den Schnaps willich nich, Jnädigster. Hab meiner Irma versprochen, nie nimmer nich mehr zu soofen. Un nu isse zurieck.«

»Eine gute Entscheidung, Tomasz«, sagte Onkel Erik.

»Un umme Viechers kiemmere ich mich jetzt ooch wieder besser, versprochen.«

Erik sah ihn an und gab ihm die Hand. »Frohe Weihnachten, Tomasz.«

Gerulis bekam eine Flasche Portwein, die Mamsell ein Buch und Köchin Schneider eine schicke Bluse mit einer großen Schleife. Endlich waren alle versorgt, und nun durften die Gutskinder in den Salon, wo ihre Gaben lagen.

Fritz suchte nach seinem Geschenk, doch nirgendwo war ein Paket mit seinem Namen.

»Komm, Junge«, sagte Onkel Erik und führte ihn zum Gartenzimmer. Dort stand ein funkelnagelneues Fahrrad.

»Aber … aber … es hat ja keinen Hilfsmotor«, sagte Fritz enttäuscht.

»Nein. Noch nicht. Doch wenn du dich im kommenden Jahr gut machst, kann man ihn nachrüsten. Es ist ein

Fahrrad von DKW. Vielleicht schon zu deinem Geburtstag.« Erik schlug Fritz leicht auf die Schulter. »Und wir wollen ja nicht gleich übertreiben, was, mein Junge?«

»Danke, Onkel Erik.« Nun strahlten Fritz' Augen doch. Er nahm das Fahrrad und drehte eine Runde durch das Gartenzimmer.

Frederike öffnete vorsichtig ihr Geschenk. Es war schwer, und sie konnte sich so gar nicht vorstellen, was darin war. Doch dann schlug sie das Seidenpapier zur Seite – es waren teure Schlittschuhe. Nicht solche, die man an die Stiefel schrauben musste, sondern elegante Stiefel mit Kufen.

»Oh!«, sagte sie entzückt.

»So etwas will ich auch«, meinte Klein Irmi.

»So etwas bekommst du, wenn deine Füße nicht mehr wachsen. Frederikes Füße wachsen nicht mehr viel, da lohnt es sich, bei dir noch nicht.«

»Danke, Mutter«, sagte Frederike. »Dann kann Dawid ja meine alten Schlittschuhe bekommen«, meinte sie. »Allerdings müssten die Schrauben mal nachgesehen werden.«

»Ich habe mir deine Schlittschuhe angeschaut. Ich glaube, die sind kaum noch zu retten. Dawid hat von uns Eiskufen bekommen. Nun könnt ihr alle zusammen laufen.«

Am Abend blieb die Küche kalt. Im Gesindezimmer hatten sich die Leute auch eine kleine Tanne aufgestellt. Wer keine Familie hatte, saß nun dort, trank Punsch oder Grog und labte sich an den kalten Braten und dem Weißsauer. Sie sangen Weihnachtslieder. Und sangen immer noch, als Frederike zu Bett ging. Es war ein wunderschönes, aber auch trauriges Lied.

»Ach bittrer Winter, wie bist du kalt!
Du hast entlaubet den grünen Wald.
Du hast verblüht die Blümlein auf der Heiden.

Die bunten Blumen sind worden fahl,
entflogen ist uns Frau Nachtigall!
Sie ist entflogen, wann wird sie wieder singen?

Du hältst gefangen des Lichtes Schein
und lässt die Tage uns dunkel sein.
O lass doch wieder die gold'ne Sonne leuchten!«

Kapitel 12

Am nächsten Tag hielt Onkel Erik eine kurze Andacht. Es gab Reste vom Vortag zum Frühstück – Truthahnbraten und Schweinsfüße in Aspik.

Danach zogen sie sich alle warm an, und Hans brachte den großen Schlitten. Onkel Erik nahm auf dem Kutschbock Platz, Fritz daneben. Stefanie und Tante Edeltraut saßen auf der einen Seite, Gerta und Frederike auf der anderen. Und so fuhren sie noch im Dunkeln los. Die Lichter am Schlitten schaukelten und warfen sonderbare Schatten und Lichtpfützen in den Schnee, die Glöckchen klangen. Frederike kuschelte sich in die dicken, warmen und weichen Pelzdecken.

Über zwei Stunden dauerte die Fahrt bis zum Gut Witzleben, wo Cousin Julius mit seiner Familie lebte. Als sie ankamen, war die Sonne schon aufgegangen. Es gab eine fröhliche Begrüßung. Auch hier stand in der Halle ein riesiger, üppig geschmückter Weihnachtsbaum.

Das Frühstück war reichhaltig, danach ging man über das Gut. Zu Mittag wurde ein mehrgängiges Menü aufgetischt. Anschließend spielten die Damen Karten, die Herren rauchten eine Zigarre und unterhielten sich über Politik und Wirtschaft. Frederike, Fritz und Gerta hatten ihre Schlittschuhe mitgebracht, denn auch hier gab es einen großen Teich. Herrlich waren die neuen Stiefel, Frederike glitt förmlich über das Eis. Sie hatten einen Heidenspaß, und mit roten Wangen stürmten sie ins Haus, als die Sonne langsam unterging.

Auch zum Abend wurde reichlich getafelt. Das ein oder andere Glas Wein wurde getrunken und im Anschluss Bourbon, Sherry und Likör ausgeschenkt. Es war ein lustiges Beisammensein.

»Wollt ihr wirklich nicht über Nacht bleiben?«, fragte Heidi von Fennhusen Stefanie.

»Wir hatten es überlegt, aber Klein Erik hustet seit letzter Woche, und ich mache mir ein wenig Sorgen. Ich weiß, er ist bei der Kinderfrau gut aufgehoben, aber dennoch.«

»Ach, das kann ich gut verstehen. Ich würde die Kleinen auch nicht über Nacht alleine lassen, wenn sie nicht ganz gesund sind.«

Um neun drängte Stefanie leise zum Aufbruch, doch Erik und Julius hatten immer noch etwas zu besprechen. Um zehn wurde Stefanie ungeduldig. Gerta war inzwischen auf dem Sofa eingeschlafen, und Fritz lächelte selig, denn er hatte heimlich die Reste aus den Gläsern getrunken.

»Morgen wird dir ganz schön übel sein«, prophezeite Frederike.

»Das ist morgen«, sagte Fritz und lachte.

Um elf stand Stefanie auf. »Es war wirklich schön, aber wir haben noch eine lange Heimfahrt vor uns«, sagte sie und funkelte Onkel Erik an.

»Hast ja recht, Steff«, sagte er und stand schwankend auf.

»Kannst du überhaupt noch nach Hause finden?«, fragte Julius etwas beunruhigt. »Ihr könnt bestimmt hier übernachten.«

»Nein, nein«, winkte Erik ab. »Das geht schon. Hab Glumse dabei – der findet den Weg von alleine. Wäre nicht das erste Mal, dass ich auf der Heimfahrt einschlafe und erst wieder aufwache, wenn wir vor unserem Haus stehen.«

Der Stallbursche hatte Glumse angespannt und brachte den Schlitten nun wieder vor die Tür.

Sie verabschiedeten sich herzlich, versprachen, sich bald wiederzusehen.

»Dann müsst ihr zu uns kommen«, sagte Stefanie.

»Das machen wir.«

Endlich saßen alle eingekuschelt in ihren Decken, auch Erik und Fritz hatten sich eingemummelt. Die Glöckchen erklangen, und sie fuhren durch die Nacht nach Hause.

»*Kling, Glöckchen*«, stimmte Tante Edeltraut an. Und dann sangen sie alle zusammen Weihnachtslieder.

Doch nach und nach verstummten die Stimmen. Gerta war die Erste, die einschlief, dann auch Stefanie und Frederike. Und auch Onkel Erik sank in sich zusammen und schloss die Augen.

Nur Glumse blieb wach und zog in aller Ruhe den Schlitten durch den knirschenden Schnee. Über ihnen funkelten die Sterne, und es war Weihnachten.

Schließlich hielt der Schlitten, Glumse schnaubte und scharrte mit einem Vorderhuf, dann wieherte er.

Alle wurden wach. Onkel Erik streckte sich, wickelte sich aus den Decken und sprang vom Kutschbock.

»Das hast du gut … nanu«, sagte er plötzlich verwundert. »Wo sind wir?«

Wieder wieherte Glumse, und nun wurde der Ruf erwidert.

»Das ist nicht Fennhusen«, sagte Fritz und rieb sich die Augen. Nur das fahle Licht der Sterne und die beiden Lampen am Schlitten erhellten die Umgebung, aber ihnen allen war bald klar, dass sie nicht zu Hause waren. Sie standen vor einem fremden Stall.

»Wo hast du uns hingebracht, Glumse?«, fragte Onkel Erik verblüfft.

Plötzlich ging oben im Stall ein Licht an, und ein Fenster wurde geöffnet.

»Wer is da?«, rief eine barsche, tiefe Stimme. »Wenne meinst, datte mich bedammeln kannst, tu ich dich abmurksen, du Flaguster!« Ein Kopf wurde durchs Fenster gesteckt, jemand sah nach unten. »Erbarmung, sin Se dat? Jnädigster von Fennhusen? Ei, wat machen Se denn heer?«

»Wo sind wir denn?«, fragte Erik und klang etwas belustigt.

»Na, off von Olechnewitz sein Jut.«

»Ei der Daus. Das ist ja ein Ding«, sagte Erik und lachte.

»Was ist hier los?«, polterte nun auch jemand anderes und kam um die Ecke gestapft. Es war Baron Herbert von Olechnewitz. »Erik? Steff? Habt ihr euch verfahren?«

»Wir nicht – unser Kaltblüter. Ich muss wohl eingenickt sein …«

»Kommt rein und wärmt euch auf«, sagte von Olechnewitz. »Ihr könnt unmöglich jetzt noch bis zu euch fahren.«

Stefanie seufzte auf, aber sie gab dem Baron recht.

»Johann, spann den Gaul ab und bring ihn in den Stall. Gib ihm Wasser und Hafer. Und verdammt, welches Pferd wiehert denn so?«

»Musse olle Koggel seen, dat lahme Viech, wat Eurer Marjellchen anjeschleppt hat.«

»Olle Koggel?«, rief Frederike. »Das ist Caramell.«

»Ach ja«, sagte von Olechnewitz düster. »Caramell.«

»Macht sie euch Ärger?«, fragte Erik, als sie zum Haus gingen.

»Der Klepper? Nein, im Gegenteil, sie macht uns nur Kummer. Ich weiß nicht, was du mit dem Pferd gemacht hast, aber bei dir war sie voller Elan und Esprit. Sie ist wunderbar gegangen, tänzelte ein wenig, aber nichts, was man nicht in den Griff kriegen könnte. Kathi hat sich so darauf gefreut. Aber nach einer Woche war alles vorbei. Die Mähre frisst nicht, sie läuft nicht, sie schlurrt mit den Hufen, lässt immerzu den Kopf hängen – ich habe noch nie ein so langweiliges Pferd gesehen. Kathi mag sie nicht mehr reiten, sie ist wirklich enttäuscht.«

»Das ist ja ein Ding«, sagte Onkel Erik. »Das kann ich mir nicht erklären.«

»Ich aber«, murmelte Frederike. »Sie hat Glumse vermisst, und Glumse hat sie vermisst.«

»Glumse?«, fragte von Olechnewitz verwirrt.

»Glumse heißt unser Kaltblüter. Ist ein Falbe und sieht ein wenig aus wie – Quark – Glumse eben.«

Von Olechnewitz lachte. »Na, wenn die beiden sich lieben, dann hättet ihr sie nicht trennen sollen.«

»Sei nicht albern, das sind Pferde und keine Turteltauben«, meinte Onkel Erik. »Aber wenn ihr so unzufrieden mit Caramell seid, dann nehme ich sie gerne zurück.«

»Wirklich?«, fragte von Olechnewitz. »Ich muss erst Kathi fragen, aber ich kann mir nicht vorstellen, dass sie etwas dagegen hat. Sie braucht ein Pferd mit Heißblut, keinen Langweiler.«

Frederike blieb stehen und hielt den Atem an. Dann sah sie hinauf in den Nachthimmel. Eine Sternschnuppe fiel in den Wald. Bitte, dachte Frederike, lass es wahr werden.

Sie verbrachten die Nacht bei den von Olechnewitz. Am nächsten Morgen, nach dem Frühstück, brachen sie wieder auf.

»Diesmal schlafe ich nicht ein«, versprach Onkel Erik.

»Das wäre egal«, murmelte Frederike. »Diesmal wird Glumse freudig nach Hause traben.« Sie lächelte, als sie das aufmunternde Wiehern hinterm Schlitten hörte – dort, wo Caramell angebunden war.

»Ich verstehe es nicht«, sagte Stefanie. »Caramell war doch immer so ein Wildfang.«

»Das ist doch jetzt egal«, meinte Tante Edeltraut. »Jetzt wird sie bei uns Zuchtstute. Ich bin mir sicher, ihre Fohlen werden herausragend sein. Es ist wirklich ein hübsches Pferd.«

»Aber zu langweilig für Katharina.«

»Zum Glück«, sagte Frederike und lächelte. »Dies ist wirklich ein ganz besonders schönes Fest. Frohe Weihnachten für alle.«

Pfefferkuchenteig
nach Art der Köchin Schneider

Zutaten
½ Pfund Butter
½ Pfund Schmalz
3 Pfund Sirup oder Honig
1 Pfund Zucker
Gemischte Gewürze (Zimt, Nelken, Kardamom)
¼ Pfund feines Zitronat
50 Gramm Pottasche
¾ Pfund gemahlene süße Mandeln
¾ Pfund gemahlene bittere Mandeln
2 ½ Pfund Mehl

Den Sirup erhitzen, den Zucker darin auflösen, das Fett dazugeben und schmelzen lassen – dabei beständig rühren.

Wenn alles gut vermischt ist, schaumig rühren und die Gewürze dazugeben. Die Pottasche in etwas Wasser auflösen. Mehl mit den Mandeln gut vermengen und zusammen mit der Pottasche nach und nach dazugeben. Gut durchkneten. Dann einige Tage abgedeckt stehen lassen.

Noch mal gut auskneten, ausrollen und mit Förmchen ausstechen oder in Rauten schneiden. Auf einem mit Speckschwarte beriebenem Blech braun backen.

Wer will, kann die fertigen Plätzchen mit Zuckerlösung bepinseln. Mit einem kleinen Apfel in eine gutschließende Blechdose geben.

Nachwort und Danksagung

Dies ist eine fiktive Geschichte. Doch die Familie von Fennhusen gab es wirklich, nur hieß sie anders. Mir wurde Frederikes Familiengeschichte von Gebhard Gans Edler zu Putlitz, ihrem Sohn, geschenkt – es ist die Geschichte seiner Mutter, und ich habe sie in der Ostpreußentrilogie *Das Lied der Störche*, *Die Jahre der Schwalben* und *Die Zeit der Kraniche* verarbeitet.

Diese Weihnachtsgeschichte ist erfunden – fast. Die Familie meines Mannes stammt von einem großen Gut am Niederrhein. Meine Schwiegermutter, eine geborene Kanders, hat dort vor, während und nach dem Zweiten Weltkrieg viel Zeit bei ihrer Tante und ihrem Onkel und der Familie verbracht. Dadurch gibt es zu diesem Teil der Familie immer noch eine sehr herzliche und innige Beziehung, die sich auch bis in die nächste Generation fortgesetzt hat.

Ihr Cousin Werner Kanders stand ihr immer sehr nahe. Und Onkel Werner ist mein Vorbild für Fritz. Onkel Werner hat immer gebastelt, alles auseinandergenommen und wieder zusammengesetzt. Maschinen und alles, was damit zusammenhing, haben ihn fasziniert. Er hat sich ein Fahrrad mit Hilfsmotor nach dem Vorbild von »Das Kleine Wunder« gebaut, ist in der Jauchegrube gelandet und durfte danach nicht mehr damit fahren. Das umging er, indem er die Maschine auf den weitläufigen Dachboden des Hauses schleppte und dort fuhr.

Seine Schwester – die wundervolle Tante Hannah – erzählte mir, dass sie in der Winterzeit oft mit dem Schlitten zu Verwandten gefahren sind. Auf der Rückfahrt ist der Vater auf dem Kutschbock eingeschlafen, was nichts machte, denn das Pferd fand den Weg alleine zurück – außer es ist verliebt.

Ich liebe diese Art von Erzählungen, sie zeigen, dass das Leben die besten Geschichten schreibt. Und es war mir eine Herzensangelegenheit, sie zu erzählen – auch wenn ich alles vom Niederrhein nach Ostpreußen geschoben habe.

Leider ist Onkel Werner inzwischen verstorben – aber ihm hätte dieses kleine Weihnachtsbuch hoffentlich Freude gemacht.

Bedanken möchte ich mich natürlich bei den zu Putlitz, deren Familiengeschichte der Grundstock für alle vier Bücher ist.

Diese Bücher gäbe es nicht ohne den Aufbau Verlag, meine wunderbare Lektorin Anne Sudmann und meine Agentur.

Danke, Gerald … ja, ja, ich weiß, die Sache mit der Bratwurst auf der Messe. Hab ich nicht vergessen.

Und natürlich Conny Heindl – wir müssen telefonieren, Süße ;-)

Bedanken möchte ich mich auch bei den Familien Hermbusche und Kanders, die mich so herzlich in ihre großen Familienbande aufgenommen haben. Danke, beste Schwiegermutter Regina und Tante Hannah für die wundervollen Gespräche über »früher«.

Danke, Steffie und Jörg.

Danke, Evelyn und Bernd – wir müssen uns unbedingt mal wieder treffen.

Wie immer möchte ich auch meinen Eltern danken – denn ohne sie wäre ich nicht. Ihr seid wundervoll, und ich liebe euch.

Mein Bruder Christian hat mich in diesem Jahr sehr glücklich gemacht – das war wie Weihnachten. Danke, Lieblingsbruder. Und mein Dank gilt auch seiner Frau Ela, die unsere Familie ein Stück reicher macht.

Meine Kinder ertragen mich zum Glück meist so, wie ich bin – und ich sie. Philipp, Lisa, Tim und Robin – ich liebe euch.

Und natürlich Claus. Lass es mich mit David Bowie sagen:

We can be heroes, just for one day
We can be us, just for one day
Cause we're lovers, and that is a fact
Yes we're lovers, and that is that.

ULRIKE
RENK

Das Lied der
Störche

ROMAN

Kapitel 1

In der Nacht, in der Frederikes Stiefvater starb, hatte das Wolfsrudel auf dem Nachbargut geheult. An diese Nacht erinnerte sie sich auch jetzt noch – sechs Jahre später.

Hektor hatte mit gesträubtem Nackenfell an der Tür gelauert und geknurrt. Sie hatte den jungen Hund zu sich ins Bett genommen, ihn an sich gedrückt. Hektor hatte sich augenblicklich beruhigt und damit auch sie. Damals waren sie nur zu Besuch auf dem Gut der Familie ihres Stiefvaters gewesen. Ab heute sollte das Gut der von Fennhusens offiziell ihr Zuhause werden.

Hektor lag in der Sonne auf dem Hof und schien das hektische Treiben um sich herum nicht wahrzunehmen. Ob es die Wölfe auf dem Nachbargut noch gab? Und lebte das Rudel immer noch in dem großen Gehege im Wald?, dachte Frederike, während sie sich auf der Eingangstreppe in die Sonne setzte.

»Träumst du, Freddy?« Leni, die Dienstmagd, die einen Korb voll frischer Tischwäsche trug, stupste sie an. »Du kannst helfen, es gibt alle Hände voll zu tun.«

Langsam stand Frederike auf, strich den Rock glatt und ging ins Haus. Hektor sprang auf und folgte ihr. Ihre Mutter flatterte wie ein aufgeregter Kanarienvogel, vor dessen Käfig eine Katze hockt, durch die Diele, in die immer mehr Koffer und Kisten gebracht wurden.

»Vorsicht«, rief die Mutter. »Das ist mein gutes Porzellan, die Aussteuer meiner ersten Ehe.«

»Ja, Gnädigste«, brummte der Knecht und stellte die Kiste unsanft zu Boden. Die Mutter seufzte auf. »Wo sind deine Geschwister, Freddy?« Frederike zuckte mit den Achseln. »Geh sie suchen und pass auf sie auf. Die Mädchen haben genug zu tun und können sich nicht auch noch um euch kümmern. Und der Hund hat im Haus nichts verloren.« Mit einer ungeduldigen Handbewegung scheuchte sie ihre älteste Tochter davon.

Ich bin doch kein Huhn, dachte Frederike empört und schaute sich suchend um. Wo mochten Fritz und Gerta sein? Dicht gefolgt von Hektor ging sie durch das Gartenzimmer auf den Hof.

Sie, Frederike, stammte, genau wie das Porzellan, aus der ersten Ehe ihrer Mutter. Ihren leiblichen Vater hatte sie nie kennengelernt. Als junges Mädchen hatte ihre Mutter Fred von Weidenfels geehelicht und erwartete schon bald ein Kind. Drei Monate vor Frederikes Geburt war ihr Vater auf die Jagd geritten, verfolgte mit erhobenem Kopf den Flug der Falken, statt auf den Weg zu achten. So brach sich nicht nur sein Pferd, sondern auch er den Hals.

Ihre Mutter tröstete sich schon bald in den Armen Egberts von Fennhusen, heiratete ihn nach einer angemessenen, aber sehr kurzen Trauerzeit und gebar zwei weitere Kinder, Fritz und Gerta. Doch Egbert starb in den ersten Tagen des großen Krieges, der ganz Europa verwüstete.

Jetzt, drei Jahre nach Kriegsende, hatte die Mutter schließlich den dritten Versuch gewagt. Ihr Name änderte sich indes nicht, sie blieb eine von Fennhusen, denn ihr dritter Mann war der Vetter ihres zweiten Gatten. Ihm gehörte das Gut der Familie, das so weit im Osten lag, dass es fast einer Weltreise gleichkam, hierherzureisen. Mit dem Zug von Berlin, zweimal umsteigen und schließlich mit Kutschen und Karren über holperige Wege, die im Frühjahr zu Schlammbahnen wurden.

Es ist eine Strafe, dachte die elfjährige Frederike, hier wohnen zu müssen, wo sich Fuchs und Hase gute Nacht sagen.

Ihr Halbbruder Fritz, der gerade neun geworden war, schien das anders zu sehen. Er hatte sich Schuhe und Strümpfe ausgezogen und stand bis zu den Knien im Teich hinter dem Haus.

»Freddy, schau mal«, rief er begeistert. »Hier gibt es Fische. Und einen Salamander habe ich auch schon gesehen. Und in den Wiesen klappern die Störche.«

»Bei dir klappert wohl auch was. Du wirst dich schmutzig machen.«
Frederike rümpfte die Nase. »Und wenn du nicht aufpasst, fällst du in
die Brühe, dann setzt es bestimmt was.«

»Und wenn schon. Mutter wird es nicht bemerken, sie ist viel zu beschäftigt mit ihren Kisten.« Fritz grinste. »Der Hauslehrer kommt auch
erst in ein paar Tagen.«

Frederike sah sich um. »Wo ist Gerta?«

Fritz zuckte nur mit den Achseln und stocherte mit einem Ast im
Schlamm. Hinter dem Haus befand sich der Ziergarten mit der Ter-
rasse, dem sanft abfallenden Rasen bis hin zum Teich, der von großen Weiden überschattet wurde. Dahinter schloss sich der Nutzgarten
an, neben dem die Stallungen waren. Die Türen standen weit auf,
Schwärme von Mücken hoben und senkten sich wie eine Wolke im
Sonnenlicht. Frederike ging zum Stall, schaute in den ersten Gang. Es
roch süßlich nach Pferden und es duftete nach Heu. Gerta saß auf
einem Strohballen und hielt ein Kätzchen in den Armen.

»Schau mal«, sagte sie zu ihrer Schwester. »Da sind noch welche, dort
in der Ecke. Sie sind so weich. Ob Onkel Erik mich eins haben lässt?«

»Willst du es etwa mit ins Haus nehmen?« Frederike lachte und
setzte sich zu ihr auf den Strohballen.

Gerta nickte. »Du hast doch Hektor und Fritz hat seinen Arco. Warum sollte ich nicht auch ein Tier haben?«

»Aber eine Katze? Die gehören in die Stallungen oder den Keller, im
Haus fühlen sie sich nicht wohl.«

»Gräfin zu Steinfels hat zwei Katzen in ihrer Wohnung in Berlin.«
Gerta streckte trotzig das Kinn nach vorne.

»Das sind aber Zuchtkatzen. Und diese hier sollen Mäuse fangen.«
Frederike seufzte. »Davon wird es hier genügend geben.«

»Ich will aber ein Kätzchen. Ob Onkel Erik es mir erlaubt?«

»Er bestimmt, aber die Mamsell wird es nicht zulassen. Willst du es
etwa an der Leine führen?« Frederike kicherte leise bei der Vorstellung,
dann beugte sie sich vor und nahm auch eins der Katzenkinder in den
Arm. Es schnurrte und ließ sich von ihr kraulen.

»Welches würdest du nehmen? Das Getigerte oder das Helle dort vorne?«

»Ich würde gar keins haben wollen.« Frederike schnaufte. Der Staub kitzelte in ihrer Nase, das Stroh stach ihr in die Unterschenkel, dennoch hatte sie keine Lust, wieder zurück in das hektische Haus zu gehen. In den Boxen stampften zwei Pferde, streckten die Köpfe neugierig zu ihnen. Hier am Haus waren nur die Reit- und Kutschpferde untergebracht. Das Gestüt war ein Stück weit die Straße herunter. Onkel Erik, den die Kinder schon seit jeher kannten, züchtete Pferde für die Armee, das wusste Frederike. Außerdem betrieb er Landwirtschaft, hatte sie gehört. Was man sich genau darunter vorzustellen hatte, wusste sie jedoch nicht. Schon öfters war die Familie hier zu Besuch gewesen. Auch zu Beginn des Krieges waren sie aufs Land gezogen. Damals, als alles noch anders war, und der Papa, der zwar nicht ihr leiblicher war, aber der Einzige, den sie kannte, noch lebte. Hier hatte die Mutter von seinem Tod erfahren, fast zwei Tage nachdem die Wölfe geheult hatten, denn solange brauchte der Bote bis hierher, trotz Telegramm.

»Fritz!«, rief plötzlich die empörte Leni. »Was machst du denn da? Bist du des Wahnsinns?«

Frederike beugte sich nach rechts, schaute durch die Stalltür zum Teich. Ihr Bruder drehte sich erschrocken um, verlor auf dem schlammigen Grund den Halt, fiel mit fuchtelnden Armen nach hinten und klatschte mit dem Rücken aufs Wasser.

Frederike lachte laut auf, Leni schrie und Fritz kreischte.

»Komm, wir müssen ihm helfen.« Frederike sprang auf, lief zum Teich. Prustend saß ihr Bruder im Wasser, von Schlamm und Entengrütze bedeckt. Er grinste breit.

»Du holst dir den Tod. Komm sofort heraus«, rief Leni. »Wenn das deine Mutter sieht.«

»Das Wasser ist gar nicht so kalt. Wird es dort hinten tiefer? Dann könnte man glatt schwimmen.« Fritz drehte sich auf den Bauch und paddelte ein wenig. »Herrlich ist es. Ganz erfrischend, Leni. Magst du nicht auch reinkommen?«

»Komm sofort da raus, Junge.« Leni stand am Ufer und schaute zu ihm, raffte die Röcke und schien zu überlegen, ob sie hineinwaten solle. »Ich ziehe dir die Ohren lang.«

»Dafür musst du mich erst einmal kriegen.« Fritz lachte.

»Komm jetzt raus.« Die Stimme des Mädchens klang auf einmal flehentlich, sie schaute sich unsicher zum Haus um. »Deine Mutter … die gnädige Frau …«

»Nun komm schon«, sagte Frederike und verkniff sich das Lachen. »Mach es Leni nicht noch schwerer. Raus mit dir.«

Fritz stand langsam auf, der Schlamm und das Wasser liefen ihm über den Körper und aus den Beinen der kurzen Hose. Er zuckte zusammen, als ein kleiner Fisch sich zappelnd den Weg nach unten und zurück ins Wasser suchte. Dann stapfte er ans Ufer.

»Mutter wird schimpfen«, sagte Gerta, die sich neben Frederike gestellt hatte. Sie hielt immer noch das Kätzchen im Arm.

»Mit dir auch, wenn du weiterhin den Flohteppich festhältst«, sagte Fritz. Gerta sah ihn entsetzt an, dann ließ sie das Kätzchen fallen. Es miaute erschrocken auf, tapste dann zurück zur Scheune.

Aus der Ferne hörte man den schrillen Ton einer Hupe, gefolgt vom Knattern eines Motors.

»Onkel Erik!« Fritz lief zum Haus. »Schnell, Leni, lass mir ein Bad ein, wir müssen ihn begrüßen.«

»Kannst dich am Brunnen waschen«, rief Leni ihm kopfschüttelnd hinterher.

Gerta strich sich wieder und wieder über das Kleid, kratzte sich am Kopf. »Flöhe?«, murmelte sie entsetzt.

Frederike seufzte. »Flöhe hast du im Kopf, mehr nicht. Komm, lass uns Mutter suchen.«

Die nächsten Tage herrschte Hektik und Chaos im Gutshaus, aber seit Erik da war, beruhigte sich zumindest die Mutter. Frederike dagegen konnte sich nicht so schnell eingewöhnen. Sie teilte kein Zimmer mehr mit Gerta. Zuerst hatte ihr der Gedanke sehr gefallen, ein eigenes Zimmer zu haben. Aber hier, auf dem riesigen Gutshof, fühlte sie sich verloren und einsam. Vorletzte Nacht hatte sich ihre kleine Schwester heimlich zu ihr geschlichen. Kuschelig und warm war es unter dem großen Plumeau, sie hatten geflüstert und gekichert und waren dann Arm in Arm eingeschlafen.

Aber am Morgen danach war nicht Leni zum Wecken gekommen, sondern die Mamsell. Missbilligend hatte sie die Mädchen angesehen. Nach dem Frühstück dann hatte Onkel Erik sie zu sich gerufen.

»Freddy, Gerta, ich hoffe, ihr habt euch schon an das neue Zuhause gewöhnt«, sagte er freundlich.

»Ja, Onkel Erik«, sagte Gerta. Frederike schwieg.

»Nun, die Mamsell hat mir gesagt, dass ihr zusammen in einem Bett geschlafen habt. Stimmt das?«

Die beiden Mädchen sahen sich verwirrt an und dann nickten sie.

»Seht ihr, wir haben ein großes Haus, das viel zu lange leer gestanden hat. Und nun soll das anders werden, meine Täubchen. Hier wird jetzt die Familie leben, wir alle zusammen. Aber es müssen gewisse Regeln eingehalten werden. Dazu gehört auch, dass ihr nicht wie die Bauerskinder in einem Bett schlaft. Ich weiß«, er nickte, »ihr hattet bis jetzt ein turbulentes Leben. Der Tod eures Vaters, der Krieg und so weiter und so weiter. Aber nun ist es anders. Nun leben wir hier als eine Familie und können zur Ruhe kommen. Aber es gibt bestimmte Regeln zu beachten.« Er lächelte ihnen zu, trank einen Schluck aus seiner Kaffeetasse. »Ich möchte, dass ihr euch fügt und euch wie Gutsherrenkinder benehmt und nicht wie Leute.« Er sah sie voller Erwartungen an.

Frederike und Gerta nickten, obwohl sie nicht wirklich verstanden, was er von ihnen wollte.

»Ich sehe, ihr versteht mich«, sagte er zufrieden. »Gut, dann bitte verhaltet euch entsprechend. Und jetzt dürft ihr gehen.«

Am nächsten Abend schlich Frederike, die nicht schlafen konnte, die Treppen hinunter, hockte sich in der Diele auf einen der Sessel vor dem Salon und lauschte Mutter und Stiefvater. Hektor war ihr gefolgt und legte sich zu ihren Füßen.

»Wir müssen eine Gesellschaft geben, Erik«, sagte die Mutter. »Schon alleine, um unsere Hochzeit nachzufeiern.«

»Liegt dir viel daran?« Er klang amüsiert.

»Nein. Nicht so, wie du es jetzt meinst. Aber wir müssen die Nachbarn einladen, es offiziell machen, das verstehst du doch?«

»Vermutlich hast du recht«, sagte er nachdenklich. »Jedoch ... nun, du wirst das mit der Mamsell besprechen müssen.« Er räusperte sich.

»Mit der Mamsell, natürlich.« Mutters Stimme klang auf einmal gar nicht mehr vergnügt. »Ich glaube, die Mamsell und ich werden keine engen Freunde werden.«

Wieder räusperte sich Onkel Erik. »Sie steht dem Haushalt schon lange vor. Seit dem Tod meiner Mutter hat sie alles alleine bewältigt, denn Edeltraut mag sich ja nicht mit solchen Sachen befassen.«

Tante Edeltraut war Onkel Eriks unverheiratete Schwester, die mit auf dem Gut lebte. Ihr Verlobter war im Krieg gefallen, seitdem trug sie Trauer. Meistens saß sie auf der Veranda und strickte, stickte oder versah andere Tätigkeiten.

»Ich weiß, Erik. Aber nun bin ich da. Und ich werde diesen Haushalt auf meine Weise führen«, antwortete die Mutter fest.

»Es ist wirklich schwer, vernünftiges Personal zu bekommen.« Onkel Erik klang etwas mürrisch.

»Was genau möchtest du mir damit sagen?«

»Nun, ich möchte, dass du versuchst, mit der Mamsell auszukommen. Sie hat sich bei mir auch über die Kinder beklagt. Freddy und Gerta haben zusammen in einem Bett geschlafen, das gehört sich nicht.«

Frederike zuckte zusammen. Würden sie jetzt Ärger bekommen?